Zwei Kriminalerzählungen

Delikte
Indizien
Ermittlungen

DIE

Reihe

Uwe Barnitz soll wegen Totschlag verurteilt werden. Vier Zeugen belasten ihn. Doch er leugnet hartnäckig, trotz eindeutigen Beweismaterials. Oberleutnant Haussmann befindet sich in einer außergewöhnlichen Situation: Statt alles zu tun, um – wie sonst üblich – eine Täterschaft zu beweisen, obliegt es ihm jetzt, Fakten aufzuspüren, die gegen eine Schuld sprechen.

Engelbert Radtke, das Oberhaupt einer kleinen Gruppe von Krishna-Anhängern, wird ermordet. Auch hier muß Haussmann erleben, wie trotz ehrlichen Bemühens um Objektivität das menschliche Urteil immer subjektiv gefärbt bleibt – beeinflußt durch Erfahrung, Herkunft, gesellschaftliche Position und nicht zuletzt durch eigene Interessen. Im Geflecht dieser Konflikte liegt auch die Spur zum Mörder verborgen.

Beide Kriminalerzählungen setzen auf spannende Weise Psychologie in Handlung um.

Johannes Albrecht

Lichtenberg, Bahnsteig E

Der Tod des Guru

Delikte
Indizien
Ermittlungen

DIE

Reihe

Verlag Das Neue Berlin

Herausgegeben von
Barbara Peinke
Gabriele Reinhold
Heidemarie Schmidt
Ulrike Stephan

In diesen Geschichten sind alle Geschehnisse und alle Personen frei erfunden.

ISBN 3-360-00224-5

2. Auflage

Umschlagentwurf: Erhard Grüttner
Printed in the German Democratic Republic
Lichtsatz:
Karl-Marx-Werk Pößneck V 15/30
Druck und buchbinderische Weiterverarbeitung:
Grafischer Großbetrieb Völkerfreundschaft Dresden
622 863 3

Lichtenberg, Bahnsteig E

Für Oleg

1. Verzögerte Abfahrt

Der D-Zug nach Meiningen, Abfahrt 21.18 Uhr, stand um 21.23 Uhr noch immer, obwohl das Signal schon vor acht Minuten von Rot auf Grün gesprungen war. Etwas war passiert. Ein Mann lag leblos auf dem Bahnsteig.

Die vier jungen Burschen, die an der Schlägerei beteiligt waren, blickten starr vor Entsetzen auf den Toten.

Eine Schar von vielleicht fünfundzwanzig Personen, die zum Wageneinstieg gedrängt hatte, bis sich das kurze, nur Sekunden dauernde Handgemenge ereignete, blieb ebenfalls wie gelähmt stehen, wenigstens diejenigen Reisenden, die vornan standen und den Tumult aus nächster Nähe miterlebt hatten. Dann kam Bewegung in diese Gruppe. Empörtes Schimpfen und hysterische Schreie wurden laut. Man schob sich vor, hielt aber – gezügelt von Furcht – einen Sicherheitsabstand zu den Rowdys und rief nach der Polizei. Daraufhin strömten auch aus anderen Wagen Menschen herbei, um zu sehen, was los sei.

Transportpolizisten und Eisenbahner eilten heran. Ein Arzt stellte fest, daß der Niedergeschlagene tatsächlich tot war. Seine Lage wurde markiert, die Kontur seines Körpers mit Kreide umrissen. Man hob die Leiche auf eine Trage und schaffte sie fort. Die vier jungen Männer wurden festgenommen und abgeführt. Die Zeugen hatten einem weiteren Polizisten zu folgen. Neugierige schlossen sich ein paar Schritt dahinter der Prozession an, bis die Mitteilung über Lautsprecher, daß der Zug nun abfahre, sie zu ihren Waggons zurückhasten ließ.

Die vier jungen Männer trugen Bergkletterschuhe, verwaschene, mit Flicken besetzte Jeans, völlig gleichartig aussehende fahlgrüne Jacken. Drei von ihnen blickten durch John-Lennon-Brillen, drei, darunter der ohne Brille, hatten schulterlanges Haar, zwei waren bärtig. Alle vier wirkten verstört.

2. Plädoyers der Verteidiger

Wäre es dazu gekommen, die Verteidiger von Gerhard Schanz, Stefan Born und Uwe Wiegand hätten etwa gleichlautend plädiert: „Ich bitte das Gericht zu berücksichtigen, daß mein Mandant in höchster Erregung gehandelt hat. Lassen wir nicht seine äußere Erscheinung gegen ihn sprechen, die uns Älteren mißfallen mag, aber doch wohl dem Habitus eines großen Teils unserer Jugend entspricht und als Mode, als Modetorheit vielleicht, jedoch nicht als Ausdruck eines charakterlichen Merkmals anzusehen ist. Er wie auch die beiden anderen haben den Mann, den dann so bedauerlich ums Leben Gekommenen, zurückgerissen, als er, ein rüstiger Mittdreißiger, sich in rüdester Weise – ich bitte um Verständnis, daß ich so von einem nicht mehr Lebenden sprechen muß – vordrängte und die beiden alten Damen, die eine davon schwerbeschädigt, was deutlich an ihrem Stock zu erkennen war, zur Seite stieß, um vor ihnen in den Wagen zu gelangen in dem rücksichtslosen Bestreben, in einem der beiden platzkartenfreien Wagen unbedingt einen Sitzplatz zu ergattern. Dieser Mann, der wenige Sekunden später so tragisch verstarb, hat – das bestätigen mehrere Augenzeugen – zuerst auf die Angeklagten eingeschlagen, was deren Zurückschlagen auslöste. Letzteres geschah, zugegeben, in einem Maße, das den Grad der Angemessenheit weit überstieg. Hier muß ihnen aber der Grad ihrer durch berechtigte Empörung ausgelösten Erregung zugute gehalten werden – und ihre ehrliche Reue. Ich bitte das Gericht, dies bei der Urteilsfindung zu bedenken."

Der Vierte, Uwe Barnitz, wurde von einer Frau verteidigt. Sie hatte Grund zu einer anderen Linie.
„Ich plädiere", hätte sie begonnen, „für Freispruch. Er war nicht an der Schlägerei beteiligt. Zum Zeitpunkt der Schlägerei, der durch die stehengebliebene Armbanduhr des Toten recht genau festliegt, stand mein Mandant mehr als 120 Meter vom Ort der Schlägerei entfernt am Mitropa-Wagen, um beim Zugkellner Bier zu kaufen. Beziehungsweise er hatte sich gerade erst in Bewegung gesetzt, um vom Speisewagen zu seinen Freunden zurückzugehen. Er war an der Schlägerei nicht beteiligt. Die diesbezüglichen belastenden Zeugenaussagen entsprechen nicht den Tatsachen. Die Zeugen irren sich, es war dunkel, die Leute waren erregt. Mein Mandant hat gesehen, wie das Signal von Rot auf Grün schaltete. Er hat zum Mitropakellner gesagt, eben ist das Signal von Rot auf Grün gesprungen, ich muß nach vorn zum Wagen, der Zug fährt gleich ab. Das Signal schaltete, wie hier von dem Vertreter der Reichsbahn dargelegt wurde, nachweislich fünf Sekunden, bevor die Uhr des Toten stehenblieb. In fünf Sekunden konnte mein Mandant, das ist offensichtlich, keinesfalls eine Strecke von mehr als 120 Metern zurücklegen. Mein Mandant war an der Schlägerei nicht beteiligt. Ich beantrage Freispruch."

3. Das nicht verkündete Urteil

Der Richter saß mit dem handschriftlichen Manuskript der Urteilsbegründung auf den Knien in seinem Sessel neben der Stehlampe und starrte vor sich hin, den Blick auf die gegenüberliegende unbeleuchtete Wand gerichtet, ohne dort auf etwas Bestimmtes zu blicken. In der Wohnung war es ruhig. Seine Frau besuchte Bekannte. Seine Kinder waren erwachsen, hatten eigene Familien und lebten in eigenen Wohnungen. Er nahm sich oft Arbeit mit nach Hause. Sie verkürzte die Abende, wenn seine Frau vor dem Fernsehapparat saß oder wie heute Besuche machte, was beides nicht sein Interesse fand.

Er starrte vor sich hin. Die Urteilsbegründung hatte er voreilig entworfen. Es würde morgen noch keine Plädoyers geben. Auch die Verteidiger würden ihre sicherlich schon ausgearbeiteten Manuskripte in den Aktentaschen steckenlassen müssen. Es konnte noch keinen Schuldspruch, noch keine Urteilsfindung geben.
Für die drei Angeklagten Schanz, Born und Wiegand war das Verfahren schnell und unkompliziert abgelaufen. Zeugenaussagen und Geständnisse stimmten überein. Das Problem entstand durch den vierten Angeklagten, den mehrere Zeugen eindeutig als tatbeteiligt angaben, der selber aber seine Tatbeteiligung bestritt. Noch während der heutigen Verhandlung hatte der Richter gemeint, daß vier sich deckende Zeugenaussagen, dazu die ergänzenden Feststellungen der drei anderen Angeklagten, ausreichten, auch Uwe Barnitz zu verurteilen. Inzwischen jedoch, bei der Ausformung des Textes für die Urteilsbegründung, waren ihm Zweifel gekommen. Er würde das Verfahren aussetzen, den Fall an den Staatsanwalt zurückverweisen mit dem Auftrag, erneut ermitteln zu lassen.
Er nahm die mit seiner korrekten Schrift gleichmäßig bedeckten Blätter auf, um noch einmal zu lesen, wie er diesen Fall den Prozeßbeteiligten und den Zuschauern geschildert hätte.
In dem nur unmittelbar vor ihm erhellten Zimmer ließ ihn seine Phantasie gleichsam aus sich selbst heraustreten. Sie versetzte ihn als Prozeßbeobachter auf eine Publikumsbank, der den morgigen Verhandlungstag in einer Weise erlebte, wie er nun, nachdem er sich anders entschlossen hatte, nicht ablaufen würde.

Der Richter und die Beisitzer betreten den Saal. Alles erhebt sich.
„Im Namen des Volkes", verkündet der Richter, „ergeht das folgende Urteil. Die vier Angeklagten Gerhard Schanz, Stefan Born, Uwe Wiegand und Uwe Barnitz werden für schuldig befunden, gemeinsam den Bürger Alfred Schorte am 27. April 1980 um 21.15 Uhr auf dem Bahnsteig E des Fernbahnhofes

Berlin-Lichtenberg niedergeschlagen zu haben. Dabei erlitt der Niedergeschlagene eine Gehirnblutung, die durch den Aufprall des Schädels auf den Bahnsteig verursacht wurde. Des weiteren ergab sich eine Schädelfraktur, als deren Folge eine Läsion des Großhirns eintrat. Das hatte den sofortigen Tod des Alfred Schorte zur Folge. Die drei Angeklagten Gerhard Schanz, Stefan Born und Uwe Wiegand sind geständig. Alle vier Angeklagten werden gemäß Paragraph 117 Strafgesetzbuch wegen Körperverletzung mit Todesfolge zu einer Freiheitsstrafe von jeweils drei Jahren verurteilt. Den Angeklagten wird zugute gehalten, daß sie alle nicht vorbestraft sind. Und es wurde, was die Angeklagten Schanz, Born und Wiegand betrifft, die gezeigte Einsicht und glaubhaft geäußerte Reue berücksichtigt. Was das hartnäckige Leugnen des Angeklagten Uwe Barnitz betrifft, so gehe ich darauf noch ein. Als verschärfend für die vier war zu werten, daß sie in erheblichem Maße unter dem Einfluß von Alkohol standen. Die Blutalkoholbestimmung etwa dreißig Minuten nach der tätlichen Auseinandersetzung hat Werte zwischen 1,1 und 1,6 Promille ergeben, Werte, von denen bereits der niedrigste weit oberhalb einer Schwelle liegt, die als Bagatellwert zu vernachlässigen ist. Keiner der festgestellten Werte liegt jedoch wiederum so hoch, daß Unzurechnungsfähigkeit geltend gemacht werden könnte, wie das auch in entsprechender Erkenntnis von der Verteidigung in keinem Fall anheischig gemacht wurde. Dieser Umstand – übermäßiger Alkoholgenuß – mußte insofern als strafverschärfend berücksichtigt werden, als die Angeklagten zwar, wie bereits erwähnt, nicht gerichtlich vorbestraft sind, sich aber wegen Störung der öffentlichen Ordnung schon zweimal, und das in jüngster Zeit, vor gesellschaftlichen Gremien zu verantworten hatten. Wegen des tödlichen Ausganges der Schlägerei kam auch eine Verurteilung auf Bewährung nicht in Frage."

Der Richter – so sah er sich –, ein weder freundlich noch unfreundlich aussehender Mann, auf den am ehesten die Charakterisierung farblos und absolut seriös, also vertrauenerweckend, zutraf, macht eine kleine Pause, um seine Papiere zu sor-

tieren. Dann fährt er fort: „Was nun den Angeklagten Uwe Barnitz angeht, so stand das Gericht vor einer sehr schweren Entscheidung. Der Angeklagte leugnet, an der Schlägerei beteiligt gewesen zu sein. Er gibt an, zum Zeitpunkt des Eintritts des Todes von Alfred Schorte etwa 125 Meter vom Ort der tätlichen Auseinandersetzung entfernt gewesen zu sein." Der Richter unterbricht seine Ausführungen – das pflegte er oft zu tun –, um einen Schluck Wasser zu trinken. Seine Stimme klingt rauh. Die ständig zu trockene Luft der Gerichtssäle in dem großen, in dieser Gegend nahe am Alexanderplatz erstaunlicherweise im Krieg nicht zerstörten Gebäude, bereitet ihm Schwierigkeiten beim Sprechen. Seine, wie er wußte, etwas langweilende Art, die Begründungen vorzutragen, ließ ihn die Eloquenz der selbstbewußten Staatsanwälte und das oft brillante Plädieren der Verteidiger bewundern. Aber obwohl er in seinen Begründungen gewöhnlich wortwörtlich Sätze und ganze Passagen wiederholte, die andere oder er selber bereits gesagt hatten, wußte er, die Angeklagten wie auch das Publikum, darunter besonders die Angehörigen, hörten ihm gespannt zu. Wie sein Vortrag von Fachkollegen, Anklagevertretung, Verteidigung, hospitierenden anderen Richtern bewertet wurde, wollte er nicht wissen. Jedenfalls hatten seine Verhandlungen stets großen Zulauf. Die Zuschauer fühlten eine unerklärliche Faszination, die von der gleichförmigen Redeweise dieses Richters ausging.
Der Richter setzt das Glas ab, rückt an seiner Brille und spricht weiter: „Uwe Barnitz will also nicht in der Nähe der Schlägerei gewesen sein, als sie ausbrach. Die Verteidigung hat eingewandt, daß er den Ort der Schlägerei nicht mehr erreichen konnte, solange sie währte. Seitens des Angeklagten und seiner Verteidigerin wird behauptet, der Angeklagte habe zum Zeitpunkt des Eintritts des Todes des Alfred Schorte oder zumindest noch fünf Sekunden zuvor am etwa 125 Meter entfernten Speisewagen gestanden und sich mit dem aus dem Fenster lehnenden Mitropakellner unterhalten. Der Angeklagte will gesehen haben, daß das Ausfahrtsignal dieses Gleises des Bahnsteiges E von Rot auf Grün sprang. Und er will

gesagt haben: ‚Das Signal ist von Rot auf Grün gesprungen, ich muß mich beeilen, der Zug fährt gleich ab, gib mir schon die vier Bier!‘ Hierauf komme ich noch zurück. Der Aussage des Uwe Barnitz steht entgegen, daß nicht weniger als vier Zeugen bestätigen, er sei von Anfang an in die Schlägerei verwickelt gewesen. Ich will die Aussagen der vier Zeugen nicht wiederholen; sie sind vom Staatsanwalt und den Verteidigern gründlichst geprüft worden. Ihnen widersprechen zwar die Aussagen mehrerer anderer Zeugen, die vielleicht doch nur drei Personen – den Getöteten nicht dazugezählt – an der Schlägerei beteiligt gesehen haben. Aber das waren recht vage Äußerungen, verglichen mit den übereinstimmend präzisen Angaben der vier Belastungszeugen. Wesentlich gestützt werden die vier belastenden Aussagen durch die Aussagen der drei übrigen Angeklagten. Sie sind der Meinung, Uwe Barnitz war an der Schlägerei beteiligt. Sie hatten nicht bemerkt, daß er sich entfernt habe, um Bier zu holen. Auch wenn man zugute hält, daß sie unter dem Einfluß nicht unerheblicher Mengen Alkohol standen und daß der Bahnsteig nachts nur im Licht künstlicher Beleuchtung lag, kann diese übereinstimmende Feststellung nicht beiseite getan werden."

Der Richter, der anfangs öfters in seine Aufzeichnungen blickte, sich dann aber mehr und mehr davon löste und nun frei spricht – er konnte einmal Niedergeschriebenes oder Diktiertes wörtlich wiederholen –, unterbricht, um einige Blätter seines Schriftsatzes wegzulegen. Er nimmt erneut einen Schluck Wasser – so kam es ihm vor – und setzt seine Ausführungen fort: „Der Angeklagte Uwe Barnitz will vom Mitropawagen her das Ausfahrtsignal gesehen haben. Dieses Signal ist am Stellwerksgebäude angebracht, das etwa fünfzig Meter vor dem Ende des Bahnsteiges in Fahrtrichtung liegt. Es besteht aus zwei Signallampen, einer roten und einer grünen, von denen jeweils eine, entsprechend der Situation auf dem Gleis, leuchtet. Dieses Signal ist vom Fahrerstand der Lokomotive gut zu sehen. Und es ist ebensogut von dem Punkt des Bahnsteiges zu sehen, an dem die tätliche Auseinandersetzung stattfand. Eine zweimalige Ortsbesichtigung hat jedoch erge-

ben, daß es keinesfalls von der Stelle aus gesehen werden kann, an der sich der Mitropawagen befand. Die Wagenfolge des Zuges wurde rekonstruiert. Es gibt zwei Gründe, warum man von einem großen Abschnitt des Bahnsteiges aus das Ausfahrtsignal nicht sehen kann. Erstens weist der Bahnsteig eine geringe Krümmung auf, und zweitens ist in der Mitte des Bahnsteiges eine Anzeigetafel von zwei mal ein Meter Abmessung angebracht, die Zugziel und Abfahrtzeit angibt. Diese Tafel versperrt über eine erhebliche Länge des Bahnsteiges hinweg den Blick auf das Abfahrtsignal. Uwe Barnitz kann, vor dem Mitropa-Fenster stehend, das Signal nicht gesehen haben und somit auch nicht das Umschalten von der roten auf die grüne Lampe. Stand er dicht am Wagen, verhinderte das die Krümmung des Bahnsteiges, trat er einen oder mehrere Schritte zurück, so versperrte die Anzeigetafel den Blick auf das Signal. Erst nach Passieren einer Strecke von mehr als sechs Wagenlängen, das sind etwa 90 Meter, hätte er einen Punkt des Bahnsteiges erreicht, von dem aus das Signal gesichtet werden kann. Von hier aus aber wäre auch der Ort der tätlichen Auseinandersetzung – der vordere Einstieg des achten Wagens – in wenigen Sekunden zu erreichen gewesen. Fünf Sekunden nach dem Umspringen des Signals von Rot auf Grün schlug der Alfred Schorte auf dem Bahnsteig auf, blieb seine Uhr stehen und trat der Tod ein.
Eine Bemerkung zur Genauigkeit der Uhren. Aus den Ausführungen des vor dem Gericht gehörten Sachverständigen ergibt sich, daß die Registrierung der Signalumschaltung im Stellwerk mittels einer elektronischen Apparatur auf die Sekunde exakt erfolgt. Eine derartige Präzision gilt jedoch nicht für die Einstellung der Digitaluhr des Alfred Schorte. Sie blieb beim Aufschlag auf dem Bahnsteig stehen, weil sich durch die Härte des Aufpralls die Batteriezelle aus den Kontakten geschoben hatte. Nach Ansicht des Experten kann man voraussetzen, daß eine Digitaluhr auf die Minute richtig eingestellt wird und dann über sehr lange Zeit einen konstanten Gang aufweist. Sie wird jedoch normalerweise nicht auf die Sekunde genau reguliert, selbst wenn das von einem Uhrmacher oder im Fach-

geschäft vorgenommen wird, da auch dort gewöhnlich nicht ein derart exaktes Zeitnormal vorhanden ist. Man kann aber davon ausgehen, daß die Abweichung maximal nicht mehr als plus-minus 30 Sekunden beträgt. Denn eine konstant um eine Minute zu zeitig oder zu spät weiterspringende Digitalanzeige wird als Irritation empfunden und veranlaßt zu einer Korrektur. Legt man diese Feststellungen zugrunde, so könnte der Aufschlag des Alfred Schorte auf den Betonboden und damit sein Tod auch schon 25 Sekunden vor oder erst 35 Sekunden nach der Signalumschaltung stattgefunden haben. Nimmt man an, daß die Uhr eine Anzahl von Sekunden vorging, dann konnte Barnitz die Signalumschaltung nur beobachtet haben, wenn er sich schon in der Nähe des Tatortes oder am Tatort selbst befand. Seine Aussage belastet ihn dann in Übereinstimmung mit den Zeugenaussagen. Lief die Uhr der tatsächlichen Zeit nach, oder war ihre Anzeige annähernd exakt, dann bleibt unklar, was er vom Mitropawagen aus gesehen hat. Auf alle Fälle war es nicht das für den Bahnsteig E gültige Signal. Die Aussage von Uwe Barnitz, er habe das Umspringen des Signals gesehen, als er bei dem Mitropakellner stand, ist damit eine den Möglichkeiten zuwiderlaufende Schutzbehauptung.

Der Zeuge Gebbert, der Mitropakellner, konnte sie auch nicht überzeugend bestätigen. Er gibt zu, so etwas Ähnliches gehört zu haben, aber er selbst hat nicht in Richtung Lokomotive geblickt und hätte wegen der leichten Krümmung des Bahnsteiges auch nicht das Signal erkennen können. Unterstellt man, der Angeklagte Barnitz habe eine derartige Bemerkung gemacht, so kann sie nicht darauf zurückgeführt werden, daß er das Umspringen des Signals dieses Gleises tatsächlich beobachtet hat, denn von seinem Standort aus konnte er es – ich wiederhole das – auf keinen Fall beobachten. Es ist gründlich geprüft worden, ob sich das Signal in irgendeiner Glasfläche gespiegelt haben könnte, auf die man von diesem Bereich des Bahnsteiges Sicht hat. Das mußte jedoch ausgeschlossen werden. Damit ist eine Entlastung des Angeklagten Uwe Barnitz durch die angebliche Wahrnehmung des Umspringens des Si-

gnals von Rot auf Grün vom Mitropawagen aus nicht möglich.
Es konnte nicht ermittelt werden, was er wirklich beobachtet hat, was bei ihm, der unter der Wirkung nicht unerheblicher Mengen Alkohol stand, den Eindruck hervorrief, das Ausfahrtsignal dieses Gleises des Bahnsteiges E sei von Rot auf Grün gesprungen. Die zu anderen Gleisen gehörenden Signale veränderten im interessierenden Zeitraum nicht ihre Anzeige. Insofern ist er auf Grund der Zeugenaussagen zusammen mit den drei anderen Angeklagten als schuldig anzusehen."
Der Richter schiebt alle seine Papiere zu einem Stoß zusammen, den er sich unter den linken Arm klemmt, erhebt sich und verläßt mit den Beisitzern den Saal.

„Wach auf, geh ins Bett, du bist ja eingeschlafen."
Der Richter blinzelte. Das Licht der dreiflammigen Deckenleuchte blendete ihn. Seine Frau war heimgekommen. Die altmodische Standuhr mit ruhelosem Pendel schlug zweimal und zeigte halb zwölf. Er erhob sich ächzend und ging ins Badezimmer, um sich für die Nacht vorzubereiten.
Er würde den Text der Urteilsbegründung etwas abgewandelt verwenden, um zu erklären, warum er den Fall an die Staatsanwaltschaft zu erneuten Ermittlungen zurückverwies. Lange Erfahrung verbot ihm, mit dem vorliegenden Material auch den Uwe Barnitz für schuldig zu befinden. Er war sich sicher, daß auch die beiden Schöffen, zwei Frauen mit einem guten Blick für die Realität, das so sehen würden. Damit konnten aber auch die drei anderen noch nicht verurteilt werden, obgleich es bei ihnen keine Unklarheiten, keine Zweifel gab. Eine Abtrennung des Verfahrens gegen Uwe Barnitz war nach der Strafprozeßordnung nicht möglich.

Als der Richter am nächsten Vormittag sein „Das Verfahren ist vertagt, die Sitzung ist beendet" verkündet hatte, sagte Oberleutnant Haussmann, der mit Leutnant Gremm gemeinsam dieser vorerst letzten Verhandlung beigewohnt hatte, als

er aufstand: „Das ist doch nicht uninteressant, nicht wahr? Alle, übrigens auch der Staatsanwalt, wollen erneute Ermittlungen."
„War zu erwarten."
„Ja", sagte Haussmann, „und wir beide werden das Vergnügen haben, die erneuten Ermittlungen durchzuführen."
„Auch das war zu erwarten, ich ahnte es, als du mich zu diesem Termin eingeladen hast. So etwas tust du nicht ohne Grund. Langsam kenne ich dich. Mir ist bekannt, daß Genosse Freiberg, der bisherige Untersuchungsführer, erkrankt ist. Und irgendwer muß es ja tun. Also wir, warum nicht. Übrigens, wie geht's Susann? Wann ist der große Tag?"
„Heute in zwei Wochen, jedenfalls nach dem Kalender."

4. Vorbereitungen

Oberleutnant der K Sebastian Haussmann und Leutnant Dieter Gremm studierten die Akten zum Fall Uwe Barnitz. Mit den drei anderen Angeklagten brauchten sie sich nicht zu beschäftigen.
„Vier Zeugen", sagte Haussmann, „dazu die Kumpel des Uwe Barnitz, sieben Aussagen gegen ihn. Eigentlich ist seine Lage aussichtslos. Nur das Geständnis fehlt."
„Was sollen wir denn noch herausfinden, es ist doch alles bekannt?"
„Es steht schlecht für den Jungen. Die Belastung durch die übereinstimmenden Zeugenaussagen ist erdrückend. Und es gibt keine einzige klar zu seinen Gunsten. Wenn wenigstens der Mitropakellner eine präzise Angabe gemacht hätte."
„Schade, daß wir nicht an der Verhandlung von Anfang an teilnehmen konnten, um selbst einen Eindruck zu gewinnen. Die Sache mit dem Signal soll doch ganz glaubwürdig geklungen haben."
„In zwei Tatortexperimenten, also Lokalterminen, einmal bei

Tageslicht und das andere Mal nachts ist eindeutig nachgewiesen worden, daß er vom Speisewagen aus das Signal nicht sehen konnte. Die erste Position, von der er es hätte beobachten können, liegt so, daß er sich im Grunde damit selbst belastet; denn von dort aus konnte er an den Ort der Schlägerei innerhalb eines Zeitraumes von wenigen Sekunden gelangen. Ein Zeitraum, der ausreichte, um sich noch an ihr zu beteiligen. Und Bierflaschen sind wirkungsvolle Schlagwaffen."

„An keiner der Flaschen wurden entsprechende Spuren nachgewiesen", warf Gremm ein.

„Das macht eine Flasche als Schlaginstrument fraglich, schließt sie aber nicht aus."

„Du meinst, der Uwe könnte sogar die entscheidende gewaltsame Einwirkung verursacht haben?"

„Das gerichtsmedizinische Gutachten", sagte Haussmann, „schließt die Einwirkung einer stumpfen Schlagwaffe nicht aus, falls sie die Schädelpartie getroffen hat, die dann auf den Bahnsteig aufschlug. Es läßt sich nicht mehr auseinanderhalten, welchen Anteil jeder, der tatsächlich geschlagen hat, an dem beklagenswerten Resultat hatte."

„Du scheinst wenig überzeugt, daß sich für den Uwe Barnitz etwas Entlastendes finden läßt."

„Von der Verteidigerin abgesehen, ist niemand sehr davon überzeugt. Der Staatsanwalt nicht, obgleich auch er die weiteren Ermittlungen insoweit verlangt, daß dem Jungen jede Chance eingeräumt werden sollte. Der Richter nicht, weil er, und wohl zu Recht, davon ausgeht, daß die Verhandlung sehr gründlich vorbereitet worden ist und alle Umstände zugunsten der Angeklagten, auch des Uwe Barnitz, gründlichst geprüft wurden. Er rechnet wohl doch noch mit einem Geständnis. Da existieren nun mal die sieben Aussagen gegen ihn. Und ich . . . ja weißt du . . .", schloß Haussmann etwas ratlos seine Darlegungen.

„Für wen ermitteln wir also?" fragte Gremm ebenfalls ratlos. „Für die Aufrechterhaltung der Anklage oder für die Verteidigung und den Angeklagten, um ihn herauszuhauen?"

„Weder ... noch, so kannst du das nicht formulieren. Einzig und allein für die Wahrheitsfindung, also neutral, ohne der einen oder der anderen Seite einen, wie soll ich sagen ... psychologischen Vorteil zu gewähren. Wir haben weder mit der vom Staatsanwalt unterschwellig als emotionales Element genutzten Entrüstung über die Langhaarigen zu ermitteln, noch mit dem Gefühl, dem Jungen die harte Zeit des Strafvollzugs zu ersparen."
„Die Wahrheit also, nichts als die reine Wahrheit", murmelte Gremm vor sich hin, „die steht doch schon in diesem Haufen Papier. Also", fragte er wieder mit normaler Lautstärke, „wie gedenkst du vorzugehen?"
„Wenn ich das wüßte. Auf alle Fälle müssen wir die vier Belastungszeugen erneut vernehmen, und zwar so, als hätten sie noch nicht ausgesagt, und den Uwe natürlich, ob er noch irgendein entlastendes Moment beibringen kann. Wieso, von wo aus hat er den Wechsel des Signals beobachtet? Diese quälende Frage, die bereits ein dutzendmal", Haussmann schlug mit der flachen Hand auf den Aktenstapel, „gestellt und als unbeantwortbar abgetan worden ist, müssen wir immer wieder stellen. Aber ob es darauf eine Antwort gibt ... ich kann es nicht sagen ..."

5. *Die Verteidigerin*

Frau Dr. Sennheiser wachte früh um vier Uhr schweißgebadet auf. Wirre Träume gingen dem Aufwachen, mehr einem Aufschrecken, voraus, ein rasend sich abspulendes Durcheinander von Bildern und Geschehnissen in einer nonsense Korrelation, wie es ihr vor drei Jahren verstorbener Mann, ein Mathematiker, bezeichnet hätte.
Annegret Sennheiser war jetzt 39 Jahre alt. Sie war kinderlos, allen gynäkologischen Bemühungen zum Trotz. Und ein Faden des Träumeknäuels, das sich in ihrer letzten Schlafphase mehrfach auseinanderhaspelte und ständig wieder verknotete, einer dieser unverständlichen Abläufe endete stets damit, daß

Uwe Barnitz' Gesicht übergroß vor ihr erschien und deutlich „Mutti" sagte.
Sie fand das nicht verwunderlich. Träume mit derartigem Abschluß stellten sich seit geraumer Zeit ein. Sie waren erklärlicher als andere. Daß sich ihre Unzufriedenheit mit dem Ausgang des Verfahrens gegen Uwe Barnitz im Traumgeschehen mit ihrem Wunsch nach Kindern verwob, war naheliegend. Die Psychoanalyse konnte das erklären, aber sie war kein Fall für den Psychoanalytiker. Träume sind keine Neurosen. Sie war überzeugt, daß Uwe Barnitz die Wahrheit sprach, wenn er behauptete, nicht an der Schlägerei beteiligt gewesen zu sein. Sie glaubte ihm. Das beruhte nicht auf einem mütterlichen Gefühl, wie es der Traum suggerieren mochte. Annegret Sennheiser neigte in keiner Hinsicht zu Überschwenglichkeit. Ihre fast fünfzehnjährige Erfahrung als Rechtsanwältin und in den letzten sieben Jahren vor allem als gesuchte Strafverteidigerin sagte es ihr. Sie täuschte sich selten.
Sie empfand Mitgefühl für den Jungen. Man mußte ihm helfen. Die Verärgerung, daß ihr dies nicht im ersten Anlauf gelungen war, hatte sie aus dem Schlaf gerissen. Annegret Sennheiser war mit fortschreitendem Alter sehr ehrgeizig geworden. Es war wohl eine Folge der immer schmerzlicher werdenden Einsicht, daß ihr biologische Hindernisse die Gründung einer Familie versagten und daß sie an der Seite eines Mannes lebte, den mehr und mehr seine Wissenschaft absorbierte und der schon seit seinem dreißigsten Lebensjahr reichlich eigenartig erschien. Ihre Frustrationen als Frau lösten sich durch berufliche Erfolge. Ein simples Schema der Psychologie. Sie wußte, daß sie in dieser Hinsicht einen Demonstrationsfall fürs Lehrbuch darstellte. Sie konnte darüber lachen. Aber sie konnte seit einiger Zeit Mißerfolge, wie selten sie auch sein mochten, nicht ohne weiteres verkraften. Ein ‚verlorener Fall' setzte bei ihr nicht Aggressivität frei, sondern erzeugte Ängste. Wach hatte sie nicht etwa Angstzustände, keinesfalls, was hätte sie fürchten, wovor sich ängstigen sollen? Sie war unverändert erfolgreich, auch wenn die eine oder andere Schlacht an den Staatsanwalt verlorenging, das gehörte zum Beruf, und sie war

in einem Alter, in dem Angst vor dem Schwinden der Kräfte, vor den damit einhergehenden Niederlagen noch nicht aufkam. Nur ein Gefühl, in den Träumen stets gehetzt zu werden, irgendeiner Verfolgung ausgesetzt zu sein, wies in diese Richtung, ließ Befürchtungen für die Zukunft gelegentlich auftauchen. Wahrscheinlich analysiere ich mich selbst zuviel, wende mein psychologisches Wissen zu dogmatisch auf mich selbst an, was man ja vermeiden sollte. Ich dummes Weib.

Sie stand auf und ging unter die Brause. Die Natur hatte sie mit einem gutaussehenden Gesicht bedacht, und ihre Haut war – sie betrachtete sich kritisch im Spiegel – noch immer überall hinreichend glatt, ihr Körper von sportlicher Figur, mit relativ kleinen und damit auch Ende Dreißig noch mädchenhaft hohen Brüsten, also, soweit sie das als Frau beurteilen konnte, für Männer begehrenswert. Vielleicht sollte ich lieber sagen: für einen Mann, dachte sie. Es entsprach so eher ihren Wünschen.

Seit dem Tod ihres Mannes, der, gedankenverloren eine Straße überquerend, unter eine Straßenbahn geraten war, lebte sie ohne Partner. Sie konnte es sich nicht erklären. Ihr mangelte es nicht an Ausstrahlung. Als ihr Mann noch lebte, hatte es gelegentlich das eine oder andere Abenteuer gegeben, kleine Eskapaden, die sie mit der allgemein sich durchsetzenden Emanzipation vor sich selbst begründete. Sie war nicht bereit, sich deshalb als leichtfertig einzustufen, gar sich einer generellen Haltlosigkeit zu bezichtigen. Am ehesten ließ sich eine Berechtigung aus der mit den Jahren zunehmenden Gleichgültigkeit ihres Mannes ihr gegenüber ableiten. Diese Gleichgültigkeit war nicht einem Erkalten seiner Gefühle zuzuschreiben, sondern einer Zurückdrängung, einer Verkümmerung seines Gefühlslebens zugunsten einer ihn voll ausfüllenden extrem abstrakten Gedankenwelt, in der anderes keinen Platz fand. Sie hätte dem gelegentlichen, eigentlich wirklich seltenen Ausbrechen aus der konventionellen Auffassung von ehelicher Treue, in der sie erzogen war, kaum sonderliche Bedeutung beigemessen, hätten diese Nächte

mit anderen Männern nicht zu ihrem Leidwesen bewiesen, daß die Ursache ihrer Unfruchtbarkeit tatsächlich bei ihr lag. Denn sie wurde auch von fremder Umarmung nicht schwanger.
Warum fand sie seither keinen Partner mehr? Was hatte, solange sie eine verheiratete Frau war, einem Flirt Vorschub geleistet, aus dem hin und wieder dieses Mehr geworden war, für das ‚Abenteuer' eine zu geringe, ‚Verhältnis' eine zu altmodisch-überzogene Bewertung darstellte. Auch weil letzterem die Dauer dieser Affären nicht entsprach. Richtig, es waren ‚Affären', dies war der treffende Begriff. Was hielt nun, da sie alleinstehend war, Kandidaten der früheren Art zurück? Stellte sich ohne den Reiz, verheiratet zu sein, ihre respektable Position als Barriere auf, erzeugte ihr Ruf als Juristin, als ‚die Sennheiser', Zurückweisung? Dem hätte sie gern entgegengewirkt. Aber wie? Simple Koketterie ging ihr ab.
Ihre Uhr zeigte halb fünf. Sie zog das Laken glatt und legte sich wieder ins Bett. Noch anderthalb Stunden, bis der Wekker läuten würde. An Einschlafen war nicht mehr zu denken. Die Geräusche der erwachenden Straße drangen herein: Beginnender Autoverkehr, erste quietschende Straßenbahnen gaben der Dämmerung akustische Akzente.
Sie griff nach einem Buch, hatte aber plötzlich keine Lust, auf der Seite weiterzulesen, die sie abends mit dem Lesezeichen markiert hatte. Sie stand noch einmal auf und holte sich vom Schreibtisch die Akte Barnitz. Für den Nachmittag war ein Termin mit der Kriminalpolizei vereinbart. Ein Oberleutnant Haussmann sollte die erneuten Ermittlungen übernehmen.

6. Antlitz eines Jünglings

Oberleutnant Sebastian Haussmann ließ den jungen Mann in sein Büro bringen. Uwe Barnitz war Insasse einer der U-Haftzellen des Berliner Polizeipräsidiums, also ‚im Hause' untergebracht.

Haussmann und der junge Mann, Student des Maschinenbaus im zweiten Jahr an der Ingenieurhochschule Lichtenberg, der seine Zivilkleidung trug, saßen sich gegenüber, so daß einer des anderen Gesicht studieren konnte. Haussmann pflegte ‚offen' zu vernehmen. Er wollte das Mienenspiel des anderen beobachten, aber der zu Vernehmende sollte auch in seinem Gesicht lesen können: Er sollte erkennen, daß ihm nicht Fallen gestellt wurden, sondern geradlinig ein Resultat angestrebt wurde. Diese Methode war vielleicht nicht zu verallgemeinern, lag aber Sebastian Haussmann am ehesten, entsprach seiner psychischen Struktur. Sie hatte sich bisher im großen und ganzen bewährt.

Dieter Gremm, der seinem Vorgesetzten und Freund Sebastian assistierte, hatte sich einen Stuhl an die Seite von Haussmanns Schreibtisch gezogen. Gremm machte wie stets bei gemeinsamen Vernehmungen Notizen. Ihre Zusammenarbeit hatte einen hohen Grad an Rationalisierung und Effektivität erreicht, ein gutes Aufeinander-eingespielt-Sein, bei dem oft zur Verständigung ein Blick, ein kurzer, nur angedeuteter Satz genügte. Rationalisierung, Effektivität, diese Begriffe der täglichen Presseberichterstattung aus der Industrie, wandte Dieter Gremm gern auf ihr team-work an und traf dabei wie gewöhnlich den Nagel auf den Kopf. Seine Neigung zu verkürzenden, dabei aber exakt charakterisierenden Formeln war bekannt.

Oberleutnant Haussmann betrachtete Uwe Barnitz. Auf den ersten Blick wirkten die langen Haare, der ungezügelte Bartwuchs, die Nickelbrille mit den kleinen Gläsern gleichmacherisch. Sie verdeckten das Individuelle. Haussmann fiel die dumme Redensart ein, man könne die Chinesen nicht voneinander unterscheiden, einer sähe aus wie der andere. Einem Chinesen mochte es mit uns Europäern sicher ähnlich gehen. Wer kann denn diese jungen Männer noch auseinanderhalten in ihrem freiwillig nivellierten Äußeren – ihrer uniformierenden Kleidung und angleichenden Haar- und Barttracht. Ihre alternativ gedachte Erscheinung entbehrt jeglicher subjektiven Note. Statt der erstrebten Individualisierung haben sie sich

ungewollt einer Unifizierung ausgeliefert. Aber sag ihnen das einer!
Aus dem ungestutzten Bart zwischen den flankierenden Haarsträhnen – Uwe Barnitz unterlag in der U-Haft nicht den Vorschriften des Strafvollzuges – trat nach und nach das eigentliche Gesicht hervor. Eine bei längerem Betrachten scheinbar immer größer werdende, kräftige, fast mit indianischem Schwung gebogene Nase ragte in den Raum. Für einen Jüngling erstaunlich breite Augenbrauen erzeugten unterhalb des gardinengleich nach beiden Seiten zu den Schultern wegfallenden Haupthaares eine betonte Waagerechte, wodurch die in schmalen Nickelrand gefaßten Brillengläser noch kleiner, die durch sie hindurchschauenden braunen Augen wiederum größer wirkten. Das linke Auge zeigte eine leichte Auswärtsstellung, die jedoch nicht den Grad einer Entstellung erreichte. Der Mund war breit, die Lippen unter der Schnurrbartregion mußten ebenfalls als breit und in ihrer Kontur als sinnlich bezeichnet werden. Das Kinn war von so viel Bart verdeckt, der üppig die Wangen hinauf wucherte, daß Haussmann seine Form nicht benennen konnte. Alle Linien dieses Antlitzes waren mit Nachdruck gezogen.
Uwe Barnitz' fest auf den Oberleutnant gerichteter Blick sollte wohl kühl wirken, *cool*. Doch der Junge war noch nicht alt genug, die Muskulatur seiner Augenpartien noch nicht durch Erfahrung, durch eine über Jahre hinweg erforderliche Beherrschung trainiert, Gefühle nicht aus den Augen sprechen zu lassen. Der Oberleutnant schaute in ein durchaus sympathisches Gesicht.
Diese jungen Männer, dachte er verallgemeinernd. Was müssen sie immer gleich so unbeherrscht sein, so ungestüm, so ungezügelt, so im Wollen des Guten von prinzipieller Härte, ohne die Folgen zu bedenken. Eigentlich sind sie noch Kinder, unreif, voll idealistischer Ungebärdigkeit, rücksichtslos, Kummer hervorrufend bei denen, die ihnen nahestehen, ihren Müttern und Mädchen. Uwe Barnitz' Oberarme – er trug ein T-Shirt – zeigten kräftige Bizeps, die Handgelenke verrieten einen schweren Knochenbau. Der Junge konnte hart zuschla-

gen. Es wird wohl schwer werden, dachte der Oberleutnant. Und immer wird getrunken. Worin unterscheiden sie sich von uns, diese zehn bis fünfzehn Jahre Jüngeren, überlegte er. Oder ist es nicht der Altersunterschied, also eine Generationsfrage? Sind vielmehr die Herkunft, äußere Bedingungen, jeweils spezielle persönliche Umstände das Entscheidende? Sind sie eben nicht alle gleich, wie zu leicht und schnell gemeinhin geurteilt oder verurteilt wird?
„Uwe“, sagte Haussmann, „sie sind neunzehn. Warum sind Sie nicht bei der Armee?“
„Die Fahne hat mich noch nicht gerufen. Vielleicht brauchen sie mich nicht ... oder wollen mich nicht“, setzte der Junge etwas provozierend hinzu.
„Noch nicht“, schaltete sich Gremm ein. „Ihr kommt schon noch an die Reihe. Jeder.“
Uwe Barnitz zuckte die Achseln.
„Nun“, sagte Haussmann, „wir werden in der nächsten Zeit öfter miteinander zu tun haben. Sie müssen uns sehr bei unserer Arbeit helfen, wenn für Sie Freispruch dabei herausspringen soll. Im Augenblick sehe ich nicht den geringsten Ansatz, für Sie entlastendes Material heranzuschaffen. Wenn Sie uns keine Starthilfe geben ... alles was zu Ihren Gunsten unternommen werden kann, ist ja bereits in den bisherigen Untersuchungen probiert worden. Sie kennen die Aussagen der Zeugen ...“
„Die sind reinstes Vorurteil“, warf Uwe Barnitz ein, „subjektiv, feindlich, weil ich ein sogenannter Langhaariger bin.“
„Das hat man davon“, sagte Dieter Gremm, „was lauft ihr so 'rum.“
„Ist ja schließlich nicht verboten“, sagte der junge Mann trotzig, „ist Privatangelegenheit, übrigens von der Verfassung garantiert.“
„Na sicher“, sagte Haussmann, „die Verfassung. Eure Ansprüche wechselt ihr immer gleich in ganz große Münze. Die Verfassung. Aber auch das Nicht-Verbotene kann im subjektiven Reflex irgendwelcher Leute eine objektiv ungünstige, in diesem speziellen Fall für Sie vielleicht nachteilige Wirkung ha-

ben. Allerdings wollen wir mal davon ausgehen, daß alle, die die bisherigen Untersuchungen und Verhandlungen geführt haben, insbesondere der Staatsanwalt und Ihre eigene Verteidigerin und schließlich der sehr erfahrene Richter, daß sie alle trennen konnten, was emotionale Äußerung und was faktische Darstellung war."

„Bin ich nicht sehr davon überzeugt. Ich war nicht an der Schlägerei beteiligt, und deshalb kann mich keiner dabei beobachtet haben."

„Aber Ihre Kumpel behaupten es doch ebenfalls", hielt ihm Haussmann vor.

„Die waren besoffen, mehr noch als ich. Und sie haben nur gesagt, sie hätten nicht bemerkt, daß ich weggegangen bin.".

„Das wissen wir alles", sagte Haussmann, „wir brauchen einen neuen Gesichtspunkt. Sonst steht alles unverändert gegen Sie."

„Weiß ich", sagte Uwe Barnitz, „das ist ja die Scheiße. Sieben unrichtige Aussagen gegen meine. Von denen", brach es plötzlich bitter aus ihm heraus, „hat keiner etwas so Wichtiges bemerkt wie die Umschaltung des Signals. Von denen kann keiner wirklich etwas präzis bezeugen. Aber denen glaubt man. Ich, ich liefere eine klare Angabe, die mich völlig entlastet, einen Tatbestand, für den die Reichsbahn die elektronisch genau registrierte Uhrzeit besitzt . . . und da wird nichts geglaubt, da wird alles bezweifelt, da wird von vornherein alles abgetan . . . weil nicht sein kann, was nicht sein darf: ein Langhaariger, der nicht mit drin steckt, wenn Langhaarige was gemacht haben, das ist es doch."

Wie weit mag er damit recht haben, überlegte Haussmann. Zu dumm, daß wir nicht die ganze Verhandlung miterlebt haben. Wir werden uns jeden Zeugen gründlich vornehmen müssen. ‚Die zwölf Geschworenen', dachte er, dieser hochinteressante Film; jeder der zwölf brachte seine persönliche Geschichte, seine Herkunft, seine berufliche und gesellschaftliche Position, den Hintergrund seiner Erfolge oder Mißerfolge, seine augenblicklichen familiären Probleme, brachte Klasse, Rasse, Religion in die Sicht des zu beurteilenden Falles ein, in die

Einschätzung des Angeklagten und in die Entscheidung, ob er schuldig oder unschuldig sei. Das Gewicht der eigentlichen Tatsachen, wie groß war es? Objektivität, gab es sie? Zwölf Geschworene, nach mathematischen Gesetzen mittelt sich da noch nicht der subjektive Faktor heraus, das war erst bei statistisch ausreichend großen Zahlen zu erwarten, und galten diese wahrscheinlichkeitstheoretischen Kategorien beim Zusammenwirken von Menschen, beim Agieren miteinander, beim Reagieren aufeinander überhaupt? Lehrte nicht die Psychologie der Persönlichkeit, wie auch die von Gruppen und Massen, daß hier spezifisch wirkende Faktoren zu berücksichtigen sind? Die vier Zeugen, die drei Kumpel und der Mitropakellner, insgesamt acht Vernehmungen, und die gründliche Überprüfung des Bahnsteiges – die Aufgaben für sie beide waren umrissen. Nur bei der Inspektion der Sicht- und Lichtverhältnisse auf dem Bahnhof waren objektive ‚Aussagen' zu erwarten. Nur die Welt der toten Dinge lieferte meßbare, wirklich nachprüfbare Daten, *Fakten* – auf deren objektive Natur man sich stützen konnte.

Sebastian Haussmann wußte, daß dieser wenig spektakuläre Fall dennoch einer seiner schwierigsten werden würde.

„Nehmen wir einmal an", sagte Dieter Gremm, „Sie waren tatsächlich nicht an der Schlägerei beteiligt, weil Sie nicht am Ort des Geschehens waren. Sind Sie überzeugt, wären Sie nicht zum Mitropawagen gegangen, daß Sie dann nicht auch zugeschlagen hätten? Was meinen Sie?"

„Was soll ich dazu meinen?" fragte der junge Mann. „Eine solche Frage kann kein Mensch beantworten. Und wenn, spricht die Antwort dann für oder gegen mich?"

„Er hat recht", brach Haussmann diesen Versuch einer Spekulation ab. „Eine solche Frage kann niemand beantworten, sie darf gar nicht gestellt werden. Vor Gericht ist sie unzulässig."

„Weiß ich", sagte Gremm, „aber wie wollen wir uns dem Problem nähern?"

„Ihre Psychologie können Sie sich schenken", sagte Uwe Barnitz. Auf Dieter Gremm reagierte er gereizt. „Fahren Sie zum

Bahnhof Lichtenberg und überprüfen Sie erneut, ob man das Signal nicht doch aus der Entfernung, die ich angegeben habe, beobachten kann."
„Wenn Sie selbst das nicht bei den beiden Lokalterminen konnten, keinen Standort im von Ihnen bezeichneten Bereich gefunden haben, von dem aus das möglich wäre, was erwarten Sie von uns? – Warum können Sie sich nicht genauer erinnern?"
„Weil ich zuviel getrunken hatte."
„Das ist es eben." Gremm nickte mehrmals. „Sie trinken gewohnheitsmäßig viel?"
„Eben nicht", antwortete Uwe Barnitz, „sonst wüßte ich doch Genaueres. Meine Promille waren nicht hoch, aber für mich reichten sie. Wenn ich doch mehr wüßte!"
„Was sind Sie für ein Mensch?" fragte Haussmann. „Ich weiß, die Frage klingt saudumm, klingt wie im Film oder Roman. Wahrscheinlich ist sie saudumm. Aber irgendwie müssen wir einen Ansatzpunkt gewinnen, und wenn es keine Fakten gibt ..."
„Muß die Psychologie herhalten. Das ist doch Scheiß! Waren Sie schon auf dem Bahnsteig?"
„Noch nicht", sagte Haussmann.
„Was soll's dann, die ganze Ausfragerei? Was ich für ein Mensch bin? Ich bin ein Mensch. Ich schlage für gewöhnlich niemand tot. Genausowenig wie meine Freunde das tun. Wäre der Typ nicht aggressiv geworden, lebte er heute noch. Bestimmt. Das Ganze war ein Unglücksfall. Das hat ja selbst der Staatsanwalt schließlich eingeräumt. Was sind wir denn für Menschen? Wir wollen niemandem etwas tun, und uns soll man auch in Ruhe lassen. Das ist alles."
„Na, so harmlos seid ihr auch wieder nicht", sagte Dieter Gremm. „Zumindest provoziert ihr ganz schön, wenn sich's machen läßt. Spiel nicht das reine Unschuldslamm. Da war ja schließlich schon mal was, wenn auch unbedeutend."
„Laß das", sagte Haussmann, „das bringt uns nicht weiter."
„Kann ich jetzt gehen?" fragte Uwe Barnitz prompt aufsässig.

„Ja. Wir unterhalten uns bald wieder." Haussmann drückte den Klingelknopf und gab dem eintretenden uniformierten Polizisten Anweisung, den jungen Mann in seine Zelle zurückzubringen. „Auf Wiedersehen." Er reichte Uwe Barnitz die Hand.
„Wiedersehen", sagte er und erwiderte nach kurzem Zögern den festen Händedruck.
„Wiedersehen", sagte der dann auch zu Gremm, gab ihm aber nicht die Hand.
„Schlagen zu wie die professionellen Boxer", meinte Haussmann, als er und Gremm allein waren, „und reagieren wie Mimosen, wenn man sie etwas ungeschickt anspricht. Eine eigentümliche Generation."
„Zum Glück nur ein Teil davon."
„Du hast recht. Hoffentlich nur ein kleiner. Ich denke, wir fahren tatsächlich erst einmal nach Lichtenberg."

7. Spiegelungen

1980 war in der gesamten DDR das Benzin für Dienstfahrten, sei es in der Industrie, sei es bei staatlichen Einrichtungen, schon stark kontingentiert. Noch nicht so entscheidend wie zwei Jahre später, aber immerhin. Lichtenberg ließ sich bequem mit der S-Bahn erreichen. Also?
Haussmann und Gremm gingen vom Präsidium in der Keibelstraße über den Alexanderplatz zum Bahnhof. Die vielen einladenden Restaurants rund um den Alex, Zillestube, Pizzeria, Coffeeshop und andere winkten verführerisch. Ihre Kundschaft bestand tagsüber nicht nur aus Fremden, besichtigungswütigen Stadtbummlern und erlebnishungrigen und in des Wortes eigentlicher Bedeutung hungrigen Urlaubern. Manch in seinem Büro nicht anzutreffender Mitarbeiter nahe gelegener Verwaltungen, Verlage, Kombinatsleitungen und Industrieministerien konnte dort gefunden werden, obwohl es noch nicht oder nicht mehr Frühstücks- oder Mittagspause oder gar schon Feierabend war. Die beiden Kriminalisten ließen sich nicht anfechten.

Die Züge waren um diese Zeit voll. Sie zwängten sich in ein Abteil. Gremm wurde an der linken Ferse von der automatisch schließenden Tür erfaßt, konnte sich aber aus der Klemme befreien, und die Tür schloß vollständig. Das strenge Sparen am Kraftstoff führte dazu, daß allerhand Menschen, die von Amts wegen bisher bevorzugt – im doppelten Sinn des Wortes – in Autos unterwegs waren, nun wieder öfter unmittelbaren Kontakt mit dem gemeinen Volk hatten, und dies in einer seiner prekärsten Aufenthalts-, um nicht zu sagen Daseinsformen: in den während der Stoßzeiten heillos überfüllten Nahverkehrsmitteln. Für jene, die über die Verbesserung, den Ausbau der verkehrstechnischen Infrastruktur der Stadt zu entscheiden hatten, reichte das Benzin allerdings wohl noch immer.

Bis zur Station Ostkreuz wurde der Zug so voll, daß sie, nahe der Tür eingekeilt, an jeder Haltestelle mit hinausgedrängt wurden und dann kämpfen mußten, schnell wieder in das Abteil hineinzugelangen. Eine interessante Erfahrung, die zum Erwerb einer Menge Lebenstüchtigkeit verhilft. Bewohnern von Kleinstädten, in denen man jedes Ziel zu Fuß erreicht, fehlt derartiges Training. Bei einem Besuch der Metropole fühlen sie sich, auf deren Transportverbindungen angewiesen, hilflos und ausgeliefert.

Als sie ihr Waggon am Bahnhof Lichtenberg gleichsam ausgespien hatte, gingen sie vom S-Bahnsteig durch die Unterführung zum Fernbahnsteig E. Leichter Regen hatte eingesetzt. Sie führten alle Unterlagen der zwei Lokaltermine mit sich, in denen der genaue Wagenstand, die Abstände und Entfernungen und alle wichtigen Beobachtungen der damaligen Situation festgehalten waren.

Noch während sie die Treppe vom Durchgangstunnel hochstiegen, sahen sie einen Zug auf dem Gleis stehen, von dem aus seinerzeit der Zug nach Meiningen abgefahren war. Und sie hatten noch nicht die oberste Stufe erreicht, als Dieter Gremm den Oberleutnant am Arm festhielt.

„Da, da ist es!" rief er.

Auch Sebastian Haussmann starrte verblüfft auf das Phänomen. In der Rundung der Wagendächer, dort, wo das Dach in die senkrechte Seitenwand übergeht, spiegelte sich als welliger – wellig durch die Unebenheiten des reflektierenden Bleches – langgezogener blaßroter Streifen das Licht einer Signallampe, die sich vor dem Bahnsteig befinden mußte.

„Damit ist das Problem gelöst. Freispruch!" sagte Dieter Gremm.

„Schön wär's", meinte der Oberleutnant, „laß uns mal sehen."

Sie suchten die genaue Position auf, von der aus Uwe Barnitz das Signal erkannt haben wollte. Tatsächlich versperrte die Anzeigetafel den Blick auf irgendein leuchtendes Objekt, das Ursache der roten Spiegelung sein mußte. Sie liefen den Bahnsteig entlang bis an sein vorderes Ende. Schon eher trat die Signallampe in ihr Gesichtsfeld. Wie ein Auge schien sie aus einer schwarzen Platte hervorzuschauen, auf der nun schräg darunter auch die zur Zeit nicht leuchtende grüne Lampe für das Ausfahrtsignal erkennbar wurde. Die Platte war an einem Stahlmast befestigt. Aber auch an einem turmartigen Ziegelbau leuchtete ein rotes Signal.

„Waas", rief Dieter Gremm aus, „zwei rote Lampen? Steht das in den Protokollen? Welche spiegelt sich denn?"

Sebastian Haussmann, durch genügend berufliche Überraschungen schon hinreichend gewitzt, meinte: „Wahrscheinlich die, die für diesen Zug nicht gilt, sondern ein anderes Gleis sperrt. Man wird es uns sagen."

„Nicht nötig", murmelte Dieter Gremm, der inzwischen die Gleisführungen mit den Augen verfolgte.

Sie kehrten an die Stelle zurück, an der Uwe Barnitz mit dem Mitropakellner gesprochen hatte. Dieser Zug hier hatte keinen Speisewagen. Sie beobachteten die rote Spiegelung. Plötzlich verschwand sie.

„Jetzt müßte also Grün erscheinen", bemerkte Haussmann.

„Tut es aber nicht", stellte Gremm nach einigen Sekunden fest, in denen sie erwartungsvoll nach vorn auf die Wagen geschaut hatten, von denen her die Lichterscheinung ihre Augen getroffen hatte.

„Und warum nicht?“ fragte der Leutnant und gab selber die Antwort: „Physik, optische Gesetze. Einfalls- und Ausfallswinkel einer Spiegelung sind gleich, und da die grüne Lampe tiefer sitzt als die rote, trifft ihr Licht an einer anderen Stelle auf, so daß wir . . .“

Der Rest seiner Ausführungen ging in dem Krach unter, den ein mit hoher Geschwindigkeit auf einem anderen Gleis vorbeidonnernder Güterzug hervorrief. Gremm wies auf ihn.

„Ja“, sagte Haussmann, „damit ist wohl geklärt, welchem Gleis das Signal galt, dessen Spiegelung wir sahen. Zur Bestätigung renn' mal schnell vor, bis du's erkennen kannst.“

Gremm setzte sich in Bewegung, maulte dabei etwas vor sich hin, was bei dem Lärm aber unverständlich blieb, offensichtlich ein Protest wegen dieser wohl überflüssigen sportlichen Übung, denn er hatte ja die Zuordnung der Signale zu den Gleisen bereits enträtselt.

Als sie wieder beisammenstanden, sagte Haussmann, der inzwischen etwas in den Unterlagen nachgelesen hatte: „Der Uwe behauptet jedenfalls, er habe ein Umspringen des Signals von Rot auf Grün beobachtet, also auch einen Reflex der grünen Lampe gesehen.“

„Aber wie?“ fragte Gremm, „wenn man von dem zuständigen Signal nicht mal das rote Licht von hier aus sieht?“

Auf dem zweiten Gleis des Bahnsteiges E war inzwischen auch ein Zug eingefahren. Er sperrte den Lichteinfall des Signals am Güterzuggleis, so daß der erneut aufgetauchte rote Streifen auf den Wagendächern verschwand.

Sie gingen jetzt auf dem Bahnsteig auf und ab und hofften, daß ihnen durch intensives Überlegen oder durch eine zufällige Beobachtung ein Einfall, im wahrsten Sinne des Wortes eine Erleuchtung, käme.

„Ich bin bei solchen Unternehmungen wie heute, überhaupt bei allen Einsätzen außerhalb telefonischer Reichweite, jetzt immer schon sehr unruhig. Was mach' ich denn, oder richtiger, was macht Susann denn, wenn es vorzeitig losgeht? Ein komisches Gefühl, zum erstenmal Vater zu werden."

„Kann ich dir nachfühlen", sagte Dieter Gremm, „daß es ein komisches Gefühl sein muß, wenn ich mir auch eigentlich nicht vorstellen kann, was das für ein Gefühl sein mag."

Ohne daß sie es recht bemerkten, sie hatten im Gespräch nicht auf die Ansagen geachtet, setzte sich der Zug, an dem sie entlanggingen, in Bewegung, anfangs völlig geräuschlos, dann mit Ächzen und Quietschen und schließlich mit zunehmend deutlicher werdenden Rollgeräuschen.

„Das war also nichts", sagte Haussmann. „Wir wollen noch eine Abfahrt abwarten und beobachten, der nächste Zug wird schon angekündigt."

Die Durchsage auf diesem Bahnhof war erstaunlich deutlich, offenbar hatte ein fähiger Akustiker Typ und Anordnung der Lautsprecher bestimmt.

„Du, schau mal, da ist ja noch eine Spiegelung!" stellte Gremm fest.

Unter der Überdachung des Bahnsteiges zogen sich zwei Ketten von Beleuchtungskörpern entlang, flache, an der Decke in gleichmäßigen Abständen von wenigen Metern angebrachte gläserne Tröge, in denen je eine U-förmige Leuchtröhre zu erkennen war. Und auf den nach unten geschlossenen leicht mattierten Behältnissen schimmerten rötliche Flecke, diffuse Spiegelungen der roten Signallampe.

„Doch Freispruch", sagte Gremm, „jetzt haben wir's tatsächlich. Der Uwe hat die Reflexe dort oben gesehen."

„Abwarten", sagte Haussmann, „mal abwarten, ob auch die grüne Lampe einen Widerschein erzeugt."

Als das Signal für den bereitgestellten Zug die Strecke freigab, konnte man mit einigem guten Willen behaupten, eine grüne Leuchterscheinung, wenn auch recht schwach, auf den Lampenwannen zu bemerken.

„Nacht", sagte Gremm, „Sebastian, es war dunkel, da hatte der Reflex bestimmt einen deutlicheren Kontrast. Das ist es, glaub mir, Uwe Barnitz ist entlastet. Er hat den Signalwechsel gesehen, auch wenn er sich nicht mehr erinnert, wo. Man sieht ihn ja gleich an mehreren Stellen, eins, zwei, drei, vier, sieben, ich sehe in sieben Lampen Reflexe."

„Sei nicht so enthusiastisch, Dieter. Die Sache hat einen Haken."

„Nämlich?"

„Ich glaube, Uwe Barnitz konnte diese Reflexe nicht beobachten. Gerade weil es bereits Abend war, weil es dunkel war. Da treten diese Spiegelungen nicht deutlicher hervor, wie du annimmst, sondern wahrscheinlich gar nicht . . ."

„Alles klar", sagte Gremm, der schon begriffen hatte. Trotzdem führte Haussmann seine Überlegung zu Ende.

„. . . wenn nämlich das Licht eingeschaltet ist, dann strahlt es von innen heraus so hell, daß man diese schwachen Farbreflexe, die schon jetzt nicht deutlich in Erscheinung treten, überhaupt nicht mehr wahrnehmen kann. Du wirst mir das heute abend überprüfen. Dienstauftrag. Laß uns gehen."

Dieter äußerte nur ein Wort, weil ihm Haussmann eine Verabredung vermasselte. Doch er wagte nicht, Sebastian, nachdem der Dienstauftrag nun einmal erteilt war, mit Privatem zu kommen.

8. Ultraschalldiagnose

Susann Haussmann saß im Sessel und hielt die Hände vor ihrem sich recht weit verwölbenden Leib gefaltet. Auf einem Tischchen neben ihr lag aufgeschlagen ein Buch, ein Kriminalroman, den Sebastian ihr mitgebracht hatte, weil er selbst gern Kriminalromane las. Sie hatte ihn nach wenigen Seiten weggelegt, weil ihr sein Titel „Requiem für einen leeren Sarg" im Augenblick zu grausig schien. Der Titel war zwar, vermutete sie, irreführend, denn Sebastian liebte nicht die vordergründig nur auf Spannung zielenden Erzeugnisse dieser Literaturgattung, sondern psychologisch vertiefte Geschichten, die in einem glaubhaften, unser Hier und Heute schilderndem Milieu angesiedelt waren.

Sie träumte mit offenen Augen. Seit drei Monaten stand es

unzweifelhaft fest, die Ultraschalldiagnose war eindeutig: es würden Zwillinge werden. Woher das kam, in wessen Familie sich eine Anlage dazu verbarg, war ihnen schleierhaft. Sie wußten nichts von Zwillingen. Allerdings wußten sie überhaupt nicht sehr viel über ihre Familien. Sie hatten einiges an Verwandtschaft, trafen aber nur selten mit ihr zusammen. Sebastians Vater war 1952, als Sebastian gerade vier geworden war, bei einem Explosionsunglück in einem der damals noch betriebenen Steinkohlenschächte im Oelsnitzer Revier ums Leben gekommen. Er war Obersteiger. Wieweit Katastrophen seinerzeit in Bergbau und Industrie tatsächlich auf Sabotage beruhten, war aus heutiger Sicht sehr schwer zu beurteilen. Risikofaktoren sind der Natur wie der Technik eigen und können nur bis zu einen bestimmten Grad unter Kontrolle gehalten werden. Ob Sabotage oder Unglück, es änderte nichts an der Tatsache, daß Sebastian seit seinem fünften Lebensjahr Halbwaise war. Die Mutter war nach dem Tode ihres Mannes nach Berlin übergesiedelt, so daß Sebastian, ihr einziges Kind, als echter Berliner gelten konnte. Die Mutter war inzwischen wieder in ihre Heimat, nach Oelsnitz, zurückgezogen. Sie besuchte Sebastian selten, und er . . . dieser Beruf, wann ließ der schon Zeit?
Die Mutter, Musikpädagogin, hatte entscheidend die geistige Entwicklung Sebastians geprägt. Allein mit ihrem Söhnchen, ohne neue Partnerschaft oder Ehe, standen kulturelle Aspekte, Musik, Bücher, Theater im Vordergrund, und sie brachte ihren Sohn zeitig damit in Berührung. Daß Sebastian Mitglied der staatsleitenden Partei wurde und zur Kriminalistik fand, war jedoch dem Einfluß des Großvaters väterlicherseits zu danken. In den Ferien, die Sebastian oft bei ihm und der Großmutter in Oelsnitz verbrachte, lernte der Junge die Tradition einer über mehrere Generationen reichenden Bergarbeiterfamilie kennen.
So kreuzten sich kleinbürgerliche und proletarische Ströme bei der Formung seines Weltbildes wie seiner Haltungen und Verhaltensweisen. Und daraus resultierende Widersprüche sind dem aufmerksamen Leser früherer Bücher, in denen Se-

bastian eine Rolle spielt, vielleicht nicht verborgen geblieben.
Wie auch immer, weder in der proletarischen noch in der kleinbürgerlichen Linie der Familie gab es Zwillinge, eine völlig klassenindifferente Erscheinung. Und in Susanns Familie existierte eine solche Neigung, soweit sich das zurückverfolgen ließ, ebenfalls nicht.
Susann empfand es als ein Wunder der Natur, und sie freute sich darauf. Das große Rätsel lautete: Werden es zwei Jungen, zwei Mädchen oder ein Junge und ein Mädchen? Hatte es Mühe gekostet, Übereinstimmung zu erzielen, was die Wahl der Namen für den ersten wie den zweiten Fall betraf, so war bis jetzt kein gemeinsamer Standpunkt gefunden worden, welchem Jungen- und welchem Mädchennamen bei Version drei der Vorzug zu geben sei. Susann mußte lächeln, wenn sie an diesen allabendlich weitergetragenen sanften Streit dachte. Sebastian ist solch ein Kindskopf. Und nun wurde er, immerhin im stattlichen Alter von 32 Jahren, in wenigen Tagen erstmals Vater. Und das gleich zweifach, als wollte die Natur seine bisher erfolgsgekrönten Bemühungen, dem Status der Vaterschaft so lange wie möglich zu entgehen, mit einem Schlag entgegenwirken und das entstandene Defizit korrigieren.
Als ihr Arzt in der Schwangerenbetreuung einen ersten Verdacht äußerte, hatte Sebastian das mehr als Scherz aufgenommen. Der In-die-Welt-Setzung von Mehrlingen, aber auch schon Zwillingen, haftete so etwas ... wie sollte man sagen? ... Kreatürliches an. Man fiel so aus der Norm. Es hatte einen Hauch von ... von Peinlichkeit vielleicht ... es war, als käme da ein Wurf zur Welt. Sebastian machte sich jedenfalls allerhand – unnötige – Gedanken. Susann, die werdende Mutter, freute sich einfach. Wahrscheinlich machte sie es ihm leichter, obgleich er längst Fassung zeigte, wenn sie bei der Namenswahl im Falle Nummer drei nachgab. Hauptsache, die Kinder kamen gesund zur Welt!
Susann sah zum Fenster hinaus auf ihre Blumenkästen und die wenigen weißen Wolken am Himmel. Seit neun Wochen

wohnten sie in diesen schönen zweieinhalb Zimmern mit Vollkomfort, Fernheizung, Warmwasser, gefliestem Bad und breitem Balkon. Vom elften Stockwerk konnte man rechts über die Wälder zu den Müggelbergen sehen, auf den See geradeaus, und nach links über Friedrichshagen hinweg wieder auf Wälder. Vom Küchenfenster an der anderen Seite schaute man unmittelbar auf das Krankenhaus Köpenick, in dem ihre beiden Kleinen das Licht der Welt erblicken würden, und weiter auf die Stadtteile Köpenick, Adlershof, ja selbst die Gebäude des Flughafens im entfernten Schönefeld konnte man erkennen.

Allende II, dieses Neubaugebiet war mit einem seiner Hochhäuser, das sie nun in der obersten Etage bewohnten, gerade rechtzeitig fertig geworden, um ihr bevorstehendes Dasein als richtige Familie, mit Kindern, in vorerst ausreichendem Raum zu beginnen. Susann konnte dankbar sein. Sie stammte, wie man früher gesagt hätte, aus ‚bescheidenen' Verhältnissen und war bescheiden geblieben.

Susann sah im Augenblick nicht sehr gut aus, obwohl sie sich besonders sorgsam pflegte und zurechtmachte. Fast schämte sie sich ein bißchen vor Sebastian, dessen Reagieren auf Äußerlichkeiten ihr mehr als jedem anderen bekannt war. Das Gesicht war etwas aufgedunsen, und die Disproportionen ihres Leibes, wenn ihn das Umstandskleid nicht mehr verbarg, genierten sie. Doch sie mußte Sebastian Gerechtigkeit widerfahren lassen. Er hielt sich tapfer und fand Formen von Zärtlichkeit, die sie ihm, der so leicht peinlich berührt sein konnte, nie zugetraut hätte. Diese letzten Wochen vor der Geburt ihrer Kinder waren ausgesprochen harmonisch und von betonter Gemeinsamkeit, zumal ihn sein Dienst gegenwärtig nur selten für längere Zeit aus Berlin fortführte.

9. Die Linie der Verteidigung

Haussmann und Gremm betraten das Büro der Sekretärin. Sie diente drei Rechtsanwälten gleichzeitig und hatte demzufolge über Beschäftigungsmangel nicht zu klagen. Sie war eine etwas schwammige Person von fünfzig Jahren und leicht schlampig gekleidet. Dennoch strahlte ihr herzliches, das runde Gesicht überglänzende Lächeln einen Charme aus, der sofort für sie einnahm und zugleich – eine eigenartige Wirkung – Vertrauen zu den drei Rechtsanwälten erzeugte, noch bevor man diese kennenlernte.

„Frau Doktor hat noch eine Klientin. Sie müssen sich ein wenig gedulden. Es dauert sicher nur Minuten." Sie wies die Kriminalisten in das Wartezimmer, in dem sie kaum freie Plätze fanden.

Sebastian sah sich die Gesichter der Wartenden an. Jede Beratung mit den Juristen bringt eine Entscheidung, bereitet einen Schlußstrich vor oder führt zu einem Neubeginn, trägt oder zerstört eine Hoffnung, dachte er. Die meisten Anwesenden waren Frauen, und es ließ sich erraten, daß ihre Anliegen vorwiegend Scheidungsfragen waren oder deren Nachfolgeprobleme wie Unterhalt der Kinder oder die Güteraufteilung betrafen. Eine junge Mutter hatte ihr zweijähriges Kind mitgebracht, ein quecksilbriges Kerlchen, das sie ständig mit Ermahnungen und leichten Klapsen zum Stillesein bringen wollte. Eine unnötige und in ihrer penetranten Wiederholung sehr störende Aktion, zumal die Gesichter der Leute auf den Stühlen ringsum verrieten, daß sie die Ablenkung von ihren Sorgen durch das hin- und herlaufende plappernde Kind dankbar annahmen.

„Ich bin überzeugt", sagte Frau Dr. Sennheiser nach der Begrüßung, „daß Uwe Barnitz die Wahrheit spricht. Die Verteidigung steuert also weiterhin uneingeschränkt Freispruch an. Die Zeugenaussagen sind meines Erachtens nicht präzis, keinesfalls. Sie stellen Vermutungen dar, weil keiner von diesen Leuten etwas genauer gesehen hat, aber das aus irgendwelchen

Gründen nicht zugeben will. Darauf wird jetzt mein Vorgehen aufbauen: Es muß erneut versucht werden, die Zeugenaussagen zu erschüttern. Wenn diese Personen schon nichts Entlastendes vorbringen können, dann sollten sie sich zumindest nicht belastend äußern. Das wenigstens sollte dabei herausspringen. Es wäre schön, wenn wir uns in dieser Richtung synchronisieren könnten."

Sie sah Sebastian Haussmann prüfend an. Er empfand es als taxierend. Die direkte Art, in der sie ihn um Kooperation anging, verbunden mit dem freimütigen Blick, der ihn auseinanderzunehmen schien, störte ihn, weil von dieser Frau eine ihn berührende starke erotische Ausstrahlung ausging. Das war zwar durchaus angenehm, aber es wirkte sich unnötig verwirrend auf den beruflichen Zweck ihrer Zusammenkunft aus. In gewisser Weise trennten sie ihre Positionen. Die Verteidigerin hatte auf der Seite ihres Mandanten zu stehen. Die Orientierung auf Freispruch war ihr Ziel, solange nicht bewiesene Fakten oder ein Geständnis einen anderen Ausgang des Verfahrens verlangten. Er und Gremm standen zwischen Baum und Borke, zwischen dem Angeklagten und dem Staatsanwalt. Das erforderte Neutralität und setzte die Fähigkeit voraus, Sympathien und Antipathien zu zügeln. Der Staat als Ankläger und der Bürger, der einer Straftat verdächtigt wird, beide berufen sich auf das Recht, daß die Wahrheit zutage gefördert wird. Erotische Ausstrahlung, von welcher Seite auch immer, war da ein Störfaktor. Er hatte mit dieser Juristin dienstlich noch nie zu tun gehabt, hatte sie am bisher letzten Verhandlungstag zum ersten Mal gesehen, obgleich er schon von ihren Prozeßerfolgen gehört hatte.

„Da der junge Mann zu keinem Geständnis zu bewegen ist, trotz der erdrückenden Belastung der vier beziehungsweise sieben Zeugenaussagen, ist die Hauptrichtung unserer Ermittlungen mit Ihren Bemühungen identisch. Das ist richtig, Frau Doktor, darin stimmen wir überein. Allerdings besteht nicht volle Konformität, da sich ja auch herausstellen könnte, daß uns der Uwe Barnitz ganz schön an der Nase herumführt."

Er schaute der Verteidigerin voll in die Augen, bis sie mit leicht flatternden Lidern den Blick abwandte. Er mußte dazu nicht seinen Trick anwenden, mit fest zusammengebissenen Zähnen dem Gegenüber auf die Nasenwurzel zu starren, diesen Trick, der ihm auch bei Menschen, die einen harten und unbeugsamen Blick haben, meistens half. Er fand sympathisch, daß auch Frau Dr. Sennheiser verwirrt sein konnte, wenn auch sicherlich nur leichthin und bestimmt nicht deshalb, weil von ihm eine erotische Ausstrahlung ausging. (Wie er sich doch täuschte!) Ihr gepflegtes Äußere, Kleidung und Make-up, gefiel ihm, und die Figur war tadellos. Dabei war sie vielleicht sieben, acht Jahre älter als er. Aber was bedeutet das schon zwischen dreißig und vierzig, oder überhaupt, dachte er.

Sie diskutierten gründlich die Resultate der Lokaltermine, an denen die Rechtsanwältin teilgenommen hatte. Dieter Gremm schilderte ihr ausführlich die Beobachtungen, die die beiden Offiziere auf dem Bahnsteig gemacht hatten. Ein neuer Gesichtspunkt tauchte dabei nicht auf. Sie verabredeten, daß Frau Dr. Sennheiser als nächstes erneut mit den Anwälten der drei anderen Angeklagten sprechen sollte. Haussmann und der Leutnant wollten ihre Ermittlungen bei den vier Zeugen beginnen. Ein Zusammentreffen, um ein erstes Resümee zu ziehen, wollten sie telefonisch vereinbaren.

Als sie sich verabschiedeten, ließ die Verteidigerin ihre warme, feste, angenehm zu fühlende Hand eine Spur zu lange in der seinen liegen, so daß es ihm etwas peinlich war, als erster den Händedruck zu beenden.

10. Vater eines Sohnes

Der für eine Woche geplante Urlaub erwies sich schon am dritten Tag als ein Fehlschlag. Herbert Damm, Diplom-Ingenieur und Stellvertreter des Haupttechnologen im VEB Medizintechnik in Berlin-Johannisthal, hatte in ihn Hoffnungen investiert, die schnell enttäuscht wurden. Wenn er ehrlich sein

wollte, mußte er sich eingestehen, daß er das hatte kommen sehen, daß er es nicht anders erwartet hatte. Eigentlich hatte er überhaupt nicht damit gerechnet, daß es zwischen ihm und seinem Sohn noch eine Annäherung geben könnte. Warum also hatte er dennoch um diese gemeinsame Reise gebeten, darauf bestanden, daß sich sein Sohn dieses eine, dieses letzte Mal ihm fügte? Noch ehe er den Vorschlag machte, wußte er, daß keinerlei Übereinstimmung mehr zu erzielen war, daß sich ihre Wege trennten, weil sich ihre Ansichten nicht mehr vereinbaren ließen. Die Trennung war zwangsläufig, denn von seiner Seite war kein Abrücken von seinen Positionen zu erwarten. Und sein Sohn bestand starrsinnig auf dem Recht, das Leben nach eigenen Vorstellungen zu gestalten. Diese Vorstellungen waren für Herbert Damm erschreckend.
An den ersten beiden Tagen, auf ausgedehnten Wanderungen in den Wäldern bei Bad Freienwalde mit gelegentlichem Ausblick von den Höhen der eiszeitlichen Endmoräne auf das Oderbruch, schien sich noch so etwas wie gegenseitiges Verständnis anzudeuten, eine Bereitschaft, die Einstellung des anderen zu tolerieren. Vielleicht trug das ausnehmend schöne Wetter dazu bei. Am dritten Tag, an dem Dauerregen einsetzte und sie in ihrem Quartier festhielt, riß eine unbedachte Formulierung des Vaters die Kluft wieder auf, so daß der Sohn am Abend seine Sachen zusammensuchte (seine „Klamotten") und ohne Verabschiedung per Anhalter nach Berlin trampte. Es war aus. Der Vater wußte es. Am nächsten Morgen kündigte er das schlichte Pensionszimmer und fuhr nach Hause. Seine Frau traf er nicht an. Als Redakteurin einer bekannten Illustrierten war sie mit einem Fotografen unterwegs, um eine Reportage im Norden des Landes, soweit er sich erinnerte (er hörte manchmal nicht genau hin, wenn ihm so etwas mitgeteilt wurde), auf einem der Staatsgüter zu machen. Sie lebten jeder sein eigenes Leben. Seine Frau stand auf der Seite des Sohnes, jedenfalls mehr als auf seiner. Sie brachte eine ihm unverständliche Nachsicht dem Verhalten ihres erwachsenen Kindes entgegen. Am Tage darauf ging er wieder in den Betrieb und vergrub sich in seine Arbeit, in die Vorbereitung

der technologischen und personellen Strukturen für die zu erweiternde Produktion in neuen, vollverglasten Gebäuden. Haussmann und Gremm fanden ihn in seinem Büro.
„Meine Aussage zu den Vorfällen auf dem Bahnhof Lichtenberg“, reagierte er unwirsch auf Haussmanns Erläuterung, warum erneut ermittelt wurde. „Ich kann dazu nichts anderes sagen, als was bereits mehrmals wiederholt worden ist, von mir und den anderen Zeugen. Dieser junge Mann war dabei, und er hat auch zugeschlagen.“
„Sie haben sein Gesicht gesehen? Sie sind sicher, daß er es war, nicht ein anderer?“ fragte Dieter Gremm.
„Ich bin sicher“, sagte der Diplom-Ingenieur. „Sie sehen zwar einer wie der andere aus, aber es waren vier; die vier, die angeklagt wurden.“
Haussmann machte sich eine Notiz und überließ dem Leutnant die Fortführung der Befragung. Er konzentrierte sich darauf, ob die Äußerungen der Zeugen einen Ansatzpunkt für einen Widerspruch in dessen Aussagen bieten könnten.
„Schönchen“, sagte Gremm, „Sie sind sich darin sicher. Sie können sich genau erinnern. Was trug der Uwe Barnitz, wie war er gekleidet?“
„Grünliche Kutte oder Parka, das ist ja wohl dasselbe, und Jeans“, sagte der Befragte.
„Kutte oder Parka“, hielt Gremm entgegen. „Sie meinen, das ist das gleiche, da gibt es keinen Unterschied?“
„Die jungen Leute, die keine anderen Sorgen, keine wichtigeren Probleme zu kennen scheinen, mögen da in irgendwelchen Details Unterschiede sehen, so daß solche Jacke mal als Kutte, mal als Parka bezeichnet wird. Egal, so ein Ding hatte er jedenfalls an.“
„Und die anderen? Die anderen drei, die bereits gestanden haben?“ fragte der Leutnant.
„Die hatten alle solche Jacken, also Kutten oder Parkas an.“
„Also alle vier völlig gleichartige, die man nicht unterscheiden kann. Das meinen Sie, das würden Sie bestätigen?“
„Das meine ich. Bestätigen? Hm, ich weiß nicht . . . bestätigen . . . ich würde meine Aussage wiederholen, ich meine vor

Gericht, daß ich es so in Erinnerung habe. Ich will ja dem jungen Mann nichts Böses. Aber ich kann ihm zuliebe nichts anderes aussagen, wenn ich es so gesehen habe."
„Sie wollen sagen", schaltete sich Haussmann ein, „Sie können nichts anderes aussagen, wenn Sie es so in Erinnerung haben."
„Meinetwegen auch so, man kann es auch so ausdrücken, wenn Sie wollen."
Haussmann machte sich wieder eine Notiz.
„Welche Farbe hatte die Kutte oder Parka des Uwe Barnitz?" fragte Gremm. „Grau, also feldgrau, wie die meist aus der BRD geschenkten Jacken mit Bundeswehrschnitt, oder mehr das Olivgrün der amerikanischen Militärparkas, die ja besonders hoch im Kurs stehen? War die Jacke übrigens unten, also unterhalb des Gesäßes, aber noch über den Kniekehlen, sackartig zugebunden?"
„Als Ingenieur, als naturwissenschaftlich ausgebildeter Techniker muß ich Sie darauf hinweisen, daß sich der Vorgang bei einer Beleuchtung mit Quecksilberdampflampen abspielte. Das durch seine Kälte gekennzeichnete Quecksilberdampflicht hat vorwiegend blaue Anteile. Ob sich da Grüntöne überhaupt unterscheiden lassen, müßte nachgeprüft werden. Bisher ist das meines Wissens nicht geschehen, und so, wie Sie jetzt, hat auch noch niemand danach gefragt."
Eins zu null für ihn, dachte Haussmann, er hat recht, vielleicht ist bei diesem Licht eine Differenzierung der Farben tatsächlich nicht möglich. Dabei war Dieters Ansatz gut, hätte zu etwas führen können.
„Und die Schnüre an der Kutte des Uwe Barnitz", fragte Dieter Gremm weiter, „waren sie zugeknotet? War die Parka sackartig geschlossen oder nicht?"
„Wissen Sie", meinte Herr Damm nach einigem Überlegen, „das liegt ja nun schon eine Weile zurück. Aber ich denke doch, sie war unten zugezogen, so wie sie auch mein Sohn stets trägt."
Der Sohn! Haussmann hatte auf diesen Moment gewartet, auf die Erwähnung des Sohnes, dessen Existenz und Alter ihnen

bekannt war. Die zu vermutenden üblichen Probleme dieses Alters ebenfalls. Sie hatten sich informiert.
„Der ganze Vorgang", nahm er nun wieder das Wort, „hat sich sehr schnell abgespielt, innerhalb von Sekunden. Danach, als der Mann niedergeschlagen war und tot auf dem Bahnsteig lag, war die Szene gewissermaßen statisch. Die Täter standen wie erstarrt vor dem Getöteten. Da war der Uwe Barnitz dabei. Das bestreitet er selbst nicht. Er schob sich durch die Menge der Umherstehenden und stand neben seinen Kameraden. So haben Sie es auch gesehen."
Der Zeuge nickte.
„Aber als die Burschen den Alfred Schorte vom Trittbrett zurückrissen und der sich umwandte und wahrscheinlich mit der Schlägerei begann, wo standen Sie da? Sie können doch nur die Rücken der drei oder, wie Sie meinen, vier Jungen gesehen haben. Also können Sie den Uwe Barnitz vom Gesicht her nicht als einen an der tätlichen Auseinandersetzung Beteiligten identifizieren. Denken Sie bitte darüber nach."
„Das ist alles schon früher gefragt und in der Verhandlung vor dem Gericht noch einmal ausführlich dargestellt worden. Ich habe alle vier schon während der Schlägerei gesehen, alle vier waren in das Handgemenge verwickelt. Dabei bleibe ich. Ich weiß, was ich sage."
„Sie sind sich der Konsequenzen bewußt, die das eventuell für den Uwe Barnitz hat, falls er doch unschuldig ist, also erst nach dem Handgemenge wieder zu der Gruppe gestoßen ist, als das Opfer schon tot am Boden lag?"
„Konsequenzen", sagte der Ingenieur. „Denken die denn über Konsequenzen nach! Alle sind sie vom selben Schlag. Da können sich die Eltern Mühe geben, aus ihnen tüchtige, verantwortungsbewußte Menschen zu machen. Und die Konsequenzen, was sind die Konsequenzen? Sie schmeißen hin, schmeißen fort, was man ihnen auf den Lebensweg mitgegeben hat, was man für sie an Vorbereitungen getroffen hat. Sie ziehen los, verschwinden aus der Familie, tun sich zusammen, hausen, vegetieren in Gemeinschaftswohnungen, Kommunen, wie die drüben sagen. Aber hier bei uns gibt's die längst auch, leben

in einem Stil, daß es einen schaudert, kleiden sich wie Penner oder Clowns. Studium, das interessiert sie plötzlich nicht mehr. Im zweiten, dritten Semester wird alles aufgegeben. Eine ordentliche Tätigkeit, wenn das die sogenannte Alternative wäre, von der sie immer faseln, vielleicht könnte man sie akzeptieren, Verständnis aufbringen. Wenn sie an die Erdgastrasse wollten, sich unter den harten Bedingungen Sibiriens austoben, ausarbeiten, ihre überschüssige Kraft sinnvoll verschwenden wollten. Aber wo denn! Durchaus nicht. Einer unserer tüchtigsten Facharbeiter, ein junger Mechaniker, hat gerade gekündigt. Können Sie das verstehen? Weil – Sie werden mir das nicht glauben – weil er Musik macht, Gitarre spielt und meint, da eine Karriere vor sich zu haben. Nicht mal professionell, nein, in der Popmusik, mit selbst komponierten Songs nach eigenen Texten. Und dazu muß er seine Hände schonen, verstehen Sie, seine Hände schonen. Und deshalb kann er nicht mehr in der Werkstatt, an der Bank arbeiten. Seine Hände schonen! Um Gitarre zu spielen! In einer Buchhandlung sortiert er jetzt Bücher in die Regale. Ein ausgezeichneter Werkstattmechaniker! Der Plan, was interessiert ihn unser Plan, die Planerfüllung. Die DDR, sie wird in Zukunft ein Volk von Gitarrespielern sein, der Sozialismus wird als Gesellschaftsformation zu einer Kategorie der Musiktheorie! *So* sind sie, diese jungen Herrschaften, denen es zu gut geht."

Sein Ton war gallig. War es ein Zufall, daß seine linke Hand mit dem Parteiabzeichen am Revers des Jacketts spielte? Das ist es, sagte sich Haussmann, das ist sein Dilemma. In den Altersgenossen seines Sohnes, ihm äußerlich ähnlich, sieht er seinen Sohn. Für ihn gibt es keine Generation von Jugendlichen, die wie jede andere Generation aus Individuen, aus einer weit gefächerten Skala von Charakteren besteht. Für ihn gibt es überall nur Abbilder eines Prototyps, den er als seinen Sohn kennt. Und sein eigenes generationsbedingtes Scheitern als Vater, das ihm zwangsläufig widerfährt, da er nicht mit der Zeit gegangen ist, projiziert sich nun auf alles, was mit der Jugend zu tun hat. Im speziellen Fall trifft es den Uwe Barnitz.

Dieser Herbert Damm, Diplom-Ingenieur, Stellvertreter des Haupttechnologen, also in sehr verantwortungsvoller Position, Mitglied unserer Partei, nach Angaben seiner Vorgesetzten ein tüchtiger Techniker und tadelsfreier Genosse, würde nicht von seiner Aussage abrücken. Also . . .?
Haussmann sagte: „Es bringt uns wohl nicht weiter, wenn wir uns jetzt auf eine ausführliche Diskussion über die Jugend von heute einlassen. Würden Sie mir im Protokoll unterschreiben, daß Sie zwar der Meinung sind, zweifelsfrei vier Personen gesehen zu haben, die auf den Alfred Schorte einschlugen, daß Sie aber, solange die Schlägerei anhielt, nicht das Gesicht des Uwe Barnitz gesehen haben, ihn von Angesicht erst erkennen konnten, als die Schlägerei vorüber war, der Barnitz also bereits ganz woanders stand beziehungsweise bereits abgeführt wurde. Ist das so richtig?"
Nach einigem Zögern sagte der Ingenieur: „Ja, das ist richtig. Ich bin bereit, es so zu unterschreiben."
„Ich danke Ihnen, Genosse Damm", sagte der Oberleutnant.
„Ein Erfolg?" fragte Dieter Gremm, als sie wieder unterwegs waren.
„Ein Ansatz bestenfalls, vorausgesetzt, er bleibt dabei und kehrt nicht zu seiner früheren Aussage zurück. Ich sehe das nicht zu optimistisch. Da er nicht davon abgeht, vier junge Männer beobachtet zu haben . . . ich weiß nicht, wie hoch das Gericht den Umstand einstufen wird, daß er nicht das Gesicht erkennen konnte. Und wer sonst sollte denn der vierte gewesen sein?"
„Also kein Grund für uns, schon . . ."
„Nicht der geringste", unterstrich Haussmann.

11. Großmutter einer Enkelin

Haussmann und Gremm atmeten mit geöffnetem Mund. Nicht, weil der Aufstieg in die vierte Etage eine steile und ziemlich schmale Treppe hinaufführte, die sich so deutlich

von ihrer Artgenossin im Vorderhaus unterschied. Im Vorderhaus, in dem sie versehentlich nach der Adresse gesucht hatten, fiel Sonnenlicht durch fast herrschaftlich breite Fenster auf halber Höhe zwischen den Stockwerken, und der in Blei gefaßte Rahmen roten Glases, der die Scheiben schmückte, warf pompöse Generalsstreifen auf die Stufen.
Sie atmeten mit geöffnetem Mund, nicht weil das schnelle Erklimmen dieses mehr einer Stiege gleichenden Treppentraktes im Seitenhaus des Hinterhofes ihnen Atemnot bereitete, sondern weil dieser Kunstgriff die Nase davor bewahrte, sich dem Alte-Häuser-Mief voll auszusetzen. Sie wußten, daß es Selbstbetrug war, daß die Wolke der Ausdünstungen von muffigem Balkenwerk, von versotteten Schornsteinen, von stillgelegten Gasleitungen, die so alt waren wie das Haus – nämlich neunzig Jahre – und von den in dem engen Schacht nicht schnell genug abziehenden Gerüchen der Klos auf halber Treppe dennoch ihre Lungen erreichte. Auch wenn die umgangenen Geruchsnerven keine Warnsignale, Aufforderungen zu Flucht oder zumindest Vorsicht, dem Gehirn zuleiten konnten.
„Prenzlauer Berg von seiner schönsten Seite“, sagte Dieter Gremm sarkastisch, dem man in der Nähe, in qualitativ ähnlicher Lage, eine Anderthalbzimmerwohnung angeboten hatte. Er wollte von zu Hause weg und sich mit Ingeborg ein eigenes Heim schaffen. Aber in dieser Umgebung – im schlimmsten Milieu, das kapitalistisches Profitdenken im Wohnungsbau der Gründerzeit als ‚Erbe‘ hinterlassen hatte und in dem bei uns zu leben und unbeirrt an den Sozialismus zu glauben, schon eine Menge Optimismus erfordert – würde es schwer werden, sich wohl zu fühlen. Oder doch? Eigenes Heim, Glück allein? Mußten nicht ’zigtausend noch so leben, Alte, die ihre Wohnungen und die Nachbarschaft nicht mehr verlassen wollten, und Junge, die für den Anfang auf nichts Besseres Anspruch hatten. Hauptsache, erst einmal eigene vier Wände, die Tür hinter sich schließen können, weder seine noch Ingeborgs Familie stets um sich? Dieter Gremm hatte die Offerte der Wohnraumlenkungskommission doch lieber abgelehnt.

Sie klingelten. Sie hörten eine Tür klappen und die schlurfenden Schritte eines alten Menschen. Sie vernahmen das leise Geräusch, mit dem die Scheibe vor dem Guckloch zur Seite geschoben wurde und fühlten sich angestarrt. Es dauerte noch ein Weilchen, dann wurde geöffnet.
„Mein Gott, von der Kriminalpolizei“, beklagte sich die alte Frau. „Ich dachte doch, jetzt ist alles vorbei. Ich darf mich nicht aufregen, hat der Doktor gesagt, das ist alles zuviel für mich. Schon vor Gericht. Ich hab's mit dem Herzen, und ich hab nie mit der Polizei zu tun gehabt, mein ganzes Leben lang nicht. Und jetzt geht das immerzu, das findet ja kein Ende. Aber Frau Nimptsch, was meine Nachbarin ist“, fuhr sie in verändertem Ton fort, aus dem eine Art Triumphgefühl herauszuhören war, „kommt bestimmt gleich fragen, was es Neues gibt. Die ist nämlich neugierig. Sie hat Sie sicherlich schon durch den Türspalt belauert, als Sie noch auf der Treppe waren. Haben Sie nichts bemerkt? Die klingelt gleich, wenn Sie wieder weg sind. Die ist nämlich neugierig.“
Haussmann sah sich in dem kleinen Wohnzimmer um. Erstaunlich, wie gemütlich es hier war, wie der häßliche Eindruck des Hinterhofes verblaßte. Auch Dieter Gremm empfand es so und überlegte, ob er das Angebot nicht doch in Betracht ziehen sollte. Der Blick aus dem Fenster zeigte ein Stück blauen Himmel, ließ Sonnenschein und das saftige Grün von Bäumen der ausgedehnten Parkanlagen im nicht zu fernen Friedrichshain ahnen. Aber nur für einen Augenblick war das ein besänftigender Gedanke. Die gegenüberliegende Fassade mit den Kolonnen schmaler, verwitterter Arme-Leute-Fenster, den Einschüssen aus der Zeit des zweiten Weltkrieges und den noch nicht abgefallenen Putzresten rief ihn in die Realität zurück.
Im Nebenzimmer dröhnten plötzlich Lautsprecher auf, füllten die ganze Wohnung mit Rockklängen aus elektronischen Instrumenten, die nebenan die Schmerzgrenze erreichen mußten, so laut, wie sie selbst hier noch eindrangen und die Verständigung behinderten.
„Deep Purple“, identifizierte Dieter Gremm die Geräusche.

„Meine Enkelin", sagte die alte Frau jammernd. „Sie ist in letzter Zeit so rücksichtslos. Wo wir uns doch immer so gut verstanden haben und immer ein Herz und eine Seele waren. Ich hab sie großgezogen, ganz allein. Mein Sohn, ihr Vater, ist vor zehn Jahren mit dem Auto verunglückt und gestorben, und meine Schwiegertochter, die hat ja nie was getaugt, die hatte damals schon einen anderen, und irgend jemand mußte sich doch um das Kind kümmern. Und für mich war es ja auch eine Freude, solange ich konnte, und ich war auch nicht mehr allein. Alleinsein ist das Schlimmste, und immerzu kann ich ja nicht bei der Nimptschen hocken. Und dann, als mir das Treppensteigen und der Haushalt immer schwerer fielen, war mir die Kleine eine tüchtige Hilfe. Die Kohlen und die Einkäufe, alles vier Treppen. Und alle drei Wochen die Etage. Mein Herz, hab ich Ihnen ja schon gesagt, und das Wasser in den Beinen. Aber es ist nicht mehr so wie früher, es ist nicht mehr so, es ist alles anders!"

Wie kommen wir hier zur Sache, fragte sich Haussmann. „Ob man das nebenan leiser stellen kann?" wandte er sich an die Frau. „Wie alt ist denn Ihre Enkelin?"

„Ich geh sie mal holen, damit Sie sie kennenlernen."

Plattenspieler oder Tonbandgerät wurden auf verträgliche Lautstärke reguliert. Dann erschien die Großmutter wieder in der Tür, und hinter ihr wurde die Enkelin sichtbar, weil sie die Oma um Haupteslänge überragte. Eine junge Frau mit langen blonden Haaren, in Jeans und einem lockeren Pullover, der viel preisgab und das wohl auch sollte, mit selbstbewußtem, auf die beiden Polizisten herausfordernd gerichtetem Blick.

„Das ist Anita", sagte die alte Frau, „meine Enkelin, sie ist neunzehn."

„Was geht 'n die das an, wie alt ich bin", sagt das Mädchen ärgerlich. „Woll'n Sie was von mir?"

„Nö", sagte Dieter Gremm, „Ihre Oma wollte uns mit Ihnen bekannt machen. Sie waren ja wohl bei den Vorfällen auf dem Bahnhof Lichtenberg nicht zugegen?"

„War ich nich, hatte leider keine Zeit, Oma'n zum Zug zu bringen. Außerdem goß es in Strömen, als Oma losmußte,

und ich hatte meine festen Schuhe beim Schuster und für Latschen war es zu naß. Stand ja der ganze Hof voll und lief nich ab, so wie das drosch." Sie sah die Kriminalisten erneut ausgesprochen herausfordernd an, als ob sie Vorwürfe erwarte oder damit provozieren wollte. Da keine Reaktion erfolgte, sagte sie: „Das war's dann wohl. Oder werd ich noch gebraucht?"
„Nein", sagte Gremm, „nur, ich mag zwar Deep Purple auch, aber um uns mit Oma zu unterhalten, war es zu laut."
„Ist ja nich mehr, oder?" sagte das Mädchen und drehte sich mit einer kessen Bewegung um. „Tschüs dann", rief sie über die Schulter zurück und verschwand. Die Musik wurde wieder lauter, einige Sekunden sogar unerträglich laut. Dann wurde der Schall auf einen Pegel reduziert, der ein Gespräch zuließ.
„So ist sie jetzt immer, so schnippisch, auch zu mir, und manchmal ist sie richtig gemein."
„Hat sie einen Freund?" fragte Haussmann, und obwohl er der Psychologe in dem Vernehmungsduo war, das sie beide seit längerem bildeten, war er über die Wirkung seiner Frage doch erstaunt. Die alte Frau brach nämlich in Tränen aus und konnte sich lange Zeit nicht beruhigen. „Das ist es doch", sagte sie schließlich. „Immerzu ist sie aus, abends, und ich weiß nicht, wo er mit ihr hingeht, wo sie schlafen. Anfangs saßen sie viel bei mir, und ich fand ihn auch sympathisch. Es war meistens richtig gemütlich, und er war höflich, und ich hatte ihn eigentlich gern. Ich bin auch nicht altmodisch, und wenn er über Nacht bei ihr blieb, ich hatte ja nichts dagegen, sie ist erwachsen, und so oft war es ja gar nicht."
„Tja", sagte Dieter Gremm, „was ist denn dann so schlimm?"
Die alte Frau fing wieder zu weinen an. „Es ist halt", erklärte sie schluchzend, „sie wollen mich im Altersheim unterbringen, um die Wohnung für sich zu haben."
Ein Wohnungsproblem! dachten Haussmann und Gremm unabhängig voneinander, wobei das gedachte Ausrufungszeichen das Entscheidende war. Wie gut sie das alles kannten, Haussmann, weil er es nun glücklich hinter sich hatte, Gremm, weil er

die Erfahrungen, Mißerfolge und Frustrationen dieses Kampfes gerade selbst durchmachte. Eine ins Altersheim abzugebende Großmutter hatte ihnen beiden nicht zur Verfügung gestanden, so daß sie nicht beurteilen konnten, ob sie für eine derartige Überlegung anfällig gewesen wären. Theoretische Empörung ist leicht zur Hand, erst wenn man an einem reißenden Wasser steht, muß man sich entscheiden, in welchem Schwimmstil man es bewältigen will. Oder?

„Und sehen Sie“, sagte die alte Frau, „obgleich ich ihn anfangs wirklich mochte, er ist halt auch so einer wie der am Bahnhof, mit den langen Haaren, und immer nur in so ’ner Jacke, sommers wie winters. Wie die aussehen! So ungepflegt. Die sind eben alle gleich. Ohne ihn wäre mein Anitachen nie so geworden. Die hätte mich noch immer lieb und würde mir das nie antun, mich weggeben wollen, jetzt wo ich nicht mehr so kann wie früher. Eine schlimme Zeit, wenn die Jugend so undankbar ist und das Alter nicht mehr ehrt und nicht mehr helfen will, sondern drauf aus ist, einen zu verdrängen! Aber so ist das halt, so sind die Zeiten, da kann man nichts machen.“ Sie hatte sich wieder gefaßt. „Aber ich geh nicht raus“, kam sie noch einmal auf dieses Thema zurück, „mich kriegen die hier nicht lebendig raus, nur mit den Füßen voran. Da müßte er es mit mir schon so machen wie die am Bahnhof. Das können die ja, da sind sie schnell dabei. Aber nicht mit mir! So nicht, die kriegen mich nicht raus. Ich bleibe. Das ist meine Wohnung! Hier wohne ich seit meiner Hochzeit, und mich vertreibt niemand. So einer schon lange nicht!“ Ihr Aufbegehren wirkte siegestrunken.

Haussmann und Gremm verabschiedeten sich bald. Hier war nichts zu holen, nichts für Uwe Barnitz zu erreichen.

„Die Glaubwürdigkeit dieser Zeugin erschüttern?“ fragte Dieter Gremm, als sie auf der Straße standen, mehr sich selbst als Haussmann.

„Laß es bei den anderen Zeugen auch so aussehen, und man könnte von einer Verschwörung sprechen, einer verabredeten oder in stillschweigender Übereinkunft zustande gekommenen Front gegen die Langhaarigen, die Parkaträger mit Bart und

Brille, eben die, von denen man ja weiß, wie sie sind, nämlich alle genauso."
„Ich hab schon gar keine Lust mehr, die übrigen auch noch zu vernehmen. Woll'n wir wetten, was wir bei denen hören werden?"
„Obgleich du sicherlich recht hast, besonders prophetisch braucht man da nicht zu sein, müssen wir trotzdem hin. Kein Pardon, für dich nicht und für mich auch nicht. Aber zwischendurch möchte ich mal bei Susann anrufen, um zu wissen, wie es ihr geht."
„Grüß sie von mir", rief der Leutnant, als sich die Tür der Telefonzelle hinter Sebastian schloß.

12. Papa von Zwillingen (1)

Als Haussmann herausstürzte, war Dieter Gremm schon alles klar.
„Sie sind da", rief Sebastian aus. „Mensch, Dieter, die Kinder sind bereits da, und ich sitze und sitze und rede mit irgendwelchen Leuten."
„Ein Taxi?" fragte der praktische Leutnant, ehe er eine Gratulation aussprach.
„Danke", sagte Haussmann. „Nein, ich kann mit der Bahn fahren. Ich darf erst in einer Stunde in die Klinik.
„Haben sie verraten, was es ist, nee, was es sind, Quatsch, ich meine zwei Jungen oder zwei Mädchen. Sie sagen es einem doch gewöhnlich am Telefon nicht."
„Ein Junge und ein Mädchen", verkündete der Oberleutnant strahlend. „Sauber hingekriegt, was!"
„Glückwunsch, tatsächlich", sagte Gremm anerkennend, den biologischen Zufall wie eine Leistung seines Freundes wertend. „Ich fahr dann allein nach Marzahn, denke ich."
„Da wär ich dir wirklich dankbar, Dieter."
„Wie geht's denn Susann? Verlief alles gut, keine Komplikationen?"
Haussmann überlegte. „Mensch, ich weiß nicht mehr, was die

Schwester gesagt hat. Vor lauter Aufregung habe ich gar nicht mehr zugehört. Ich glaub, sie hat gesagt, daß alles in Ordnung ist, bei Susann und den Kindern. Ich glaub, das hat sie gesagt. Ich weiß es nicht mehr, Dieter. Ich glaub, sie hat es gesagt."
„Na sicher", bestätigte Gremm, der merkte, daß seelisches Rückenstärken notwendig wurde. „Sicher hat sie das gesagt. Reg dich nur nicht auf. Das kommt jetzt zu spät. Deine Kinder sind schon da. Jetzt brauchst du nicht mehr umzukippen. Richtig, das ist das Stichwort. Dienst hin, Dienst her, wir kippen einen auf das Wohl deines Zwillingspärchens. Was hältst du davon?"
Sebastian, der akzeptierte, daß außergewöhnliche Umstände außergewöhnliches Handeln begründen, ging mit Dieter Gremm in die nächste Eckkneipe, wo sie in einem Nebel aus Zigarettenrauch und überflutet von einem Stimmengetöse jeder einen doppelten Korn tranken. Mehr allerdings nicht. Das Lokal war um diese Zeit, immerhin während üblicher Arbeitsstunden, gedrängt voll, und alle Leute schienen sich zu kennen und mit erhobener Stimme auf ihre Nachbarn einzureden, an der Theke wie auch an den Tischen.
„Gut, Dieter", sagte der Oberleutnant, als sie sich trennten, „du fährst nach Marzahn zu dem Lehrmeister. Was wir wollen, weißt du ja."
Der letzte Satz war überflüssig, aber Gremm nahm ihn nicht übel. Denn zum einen war Haussmann sein Vorgesetzter, und in dieser Position stand es ihm zu, Selbstverständliches, Überflüssiges zu äußern – ‚wertvolle Hinweise' nannten sie das im Präsidium –, zum anderen hielt ihm Gremm die leichte, begreifliche Verwirrung zugute, die die noch so ungewohnte Würde mit sich brachte. „Mach's gut und grüß Susann und frag, wann ich sie besuchen darf. Und vergiß nicht, unterwegs noch Blumen zu kaufen. Zum nächsten U-Bahnhof geht's dort lang."

13. Meister von Lehrlingen

Anders als Sebastian Haussmann, der unmittelbar nach dem Abitur über ein Studium an der Offiziershochschule zur Kriminalistik gekommen war, besaß Dieter Gremm eine abgeschlossene Lehre als Facharbeiter für Zerspanungstechnik. Der Betrieb, in dem er seine Ausbildung erhalten hatte, war klein und arbeitete auf fast handwerklicher Basis. Er war eigentlich gar kein richtiger Produktionsbetrieb, sondern die Werkstatt eines Institutes, in der die Resultate von Forschung und Entwicklung als Versuchsmuster gebaut und, wenn sich diese bewährt hatten, in Kleinserien hergestellt wurden. Da es sich um Spezialgeräte für Film- und Fernsehstudios handelte, war der Bedarf nicht besonders groß. Der gesamte Bereich Fertigung war in einer Baracke untergebracht und fand darin auch einigermaßen Platz. Die Ausstattung der Werkstatt war vielseitig, doch jeder Maschinentyp war nur einmal vertreten, das reichte. Lediglich Drehbänke, Drehmaschinen, wie man heute sagt, fanden sich drei. An einer davon hatte Dieter Gremm gelernt, aus einem groben, leicht angerosteten runden Stahlrohling eine silbrig glänzende Schwungmasse so genau zu drehen, sie gewissermaßen aus der rauhen Hülle, in der sie verborgen war, herauszuschälen, daß auf der Auswuchtvorrichtung kaum ein zu korrigierender Schlag angezeigt wurde. Dieter Gremm war ein eifriger und im Praktischen sehr geschickter Lehrling. Er schloß seine Ausbildung mit der Note ‚Sehr gut' und dem Prädikat ‚Vorbildlicher Lehrling' ab. Sein Wechsel zur Volkspolizei, ins Fachgebiet K, stellte für diese einen Gewinn, für das Produktionspotential seines Betriebes, für die Volkswirtschaft insgesamt, einen zu bedauernden Verlust dar. Notwendigkeiten, Prioritäten, Dialektik des wirklichen Lebens!

Bei der Verabschiedung seinerzeit aus dem Institut hatte ihm dessen Direktor, ein Dr. Lieker, an den sich Gremm noch gut erinnerte, gesagt: „Ich kann Sie verstehen, auch wenn es mir leid tut, Sie zu verlieren. Sie wollen sich ein Aufgabengebiet erschließen, in dem Sie eine Tätigkeit in größerer Dimension ausüben werden, mit einem weiten Horizont, mit vielfältigen Problemen, deren Bewältigung oft alles andere als leicht sein wird. Ich freue mich, daß dieser Entschluß einhergeht mit der Entscheidung, in die Reihen unserer Partei einzutreten. Natürlich hätten wir Sie, so wie ich Sie kenne und deshalb auch gern eine Bürgschaft für Sie übernehmen werde, als Genosse in unserem Betrieb dringend gebraucht, und so verliere ich Sie eigentlich zweimal: Als Parteileitungsmitglied sehe ich mit Bedauern einen künftigen Genossen unseres Kampfbundes scheiden und als Betriebsleiter einen hochgradigen Spezialisten, zu dem Sie sich wahrscheinlich schnellstens entwickelt hätten. Aber wie ich schon sagte, ich verstehe Ihren Entschluß, denn bei uns ist die Arbeit zwar hochinteressant, verlangt von den Facharbeitern ingenieurmäßiges Mitdenken, also echtes Schöpfertum, aber sonst ist halt alles recht klein und bescheiden hier, und junge Menschen brauchen Weite, Aussichten, in der Ferne liegende Horizonte, eben größere Dimensionen ..."

Diese Formulierung, „Größere Dimensionen", fiel Dieter Gremm ein, als man ihn, nach Durchquerung einer riesigen Halle, in der Dutzende von Drehmaschinen übersichtlich, mit Abstand aufgestellt, schräg zueinander gestaffelt, in Betrieb waren, in die Lehrwerkstatt der Werkzeugmaschinenfabrik eintreten ließ. Diese benachbarte Halle stand in ihren Abmessungen der soeben passierten Dreherei nicht nach. Sie war eher noch großzügiger eingerichtet, voller Licht und Luft. Es summte und sirrte, brummte und klirrte wie in der Produktionsstätte nebenan, nur daß ein höheres Maß an Konzentration und Emsigkeit regelrecht fühlbar war – das angestrengte Bemühen der noch Lernenden im Gegensatz zur selbstbewußten Gelassenheit der erfahrenen Facharbeiter.

Dieter Gremm, der Zerspaner und Spitzendreher, war fasziniert, seinen Beruf in einem hochmodernen Großbetrieb in „größerer Dimension" gewissermaßen neu kennenzulernen. Er fühlte sich versucht, an eine freie Maschine zu treten und zu probieren, ob er es noch konnte, ob er es auf Anhieb richtig anpacken würde.

Die vielen jungen Männer und Mädchen waren in den Overalls und mit den vorschriftsmäßigen Schutzmützen und den Schutzbrillen hinsichtlich des Geschlechtes manchmal kaum zu identifizieren, sofern nicht struppig wuchernde Bärte oder mächtig modellierte Busen für Eindeutigkeit sorgten. Alle einer wie der andere, dachte Leutnant Gremm, alle genauso, man weiß ja, wie die sind. Die Wette hätte ich gewonnen, ehe der Lehrmeister auch nur den Mund auftut. Es amüsierte ihn, daß auch die langhaarigen Jungen wegen der Arbeitsschutzbestimmungen die Haare zum Pferdeschweif gebunden trugen.

Der Lehrmeister war ein Mann von etwa vierzig Jahren, ein ruhiger Mensch von erheblichem Leibesumfang, wobei sich letzterer – ein epikuräischer Zug in dem gutmütigen Gesicht verriet es – leicht auf viel Freude an viel gutem Essen und Trinken zurückführen ließ. Aber er war auch energisch. Seine Korpulenz, in der ein Rest der ehemals athletischen Figur eines aktiven Sportlers zu erkennen war, unterstrich die aus sich selbst heraus wirkende Autorität, deren Ausstrahlung ihren Reflex in der in der Halle herrschenden Disziplin fand.

Dieter Gremm führte die Befragung schnell zum Kern der Sache. Die Wette, stellte sich heraus, hätte er verloren.

„Ich befand mich in einem Gewissenskonflikt", sagte der Lehrmeister. „Ich meinte und meine auch heute noch, daß ich den jungen Mann, den Uwe Barnitz bei der Schlägerei erkannt habe. Nun ging das alles sehr schnell. Ehe man richtig darauf aufmerksam wurde, war es schon vorbei, und da stand dann dieser Uwe auf alle Fälle neben den anderen. Die Beleuchtung war dürftig, das sind alles so Faktoren, ich weiß nicht ... meine Aussage habe ich ja mit Einschränkungen gemacht. Und während des Verfahrens kannte ich noch nicht die viel bestimmteren Angaben der anderen Zeugen. Aber gerade die bestärken mich heute eher noch, daß auch ich den vierten Jungen schon während des Ablaufes der Prügelei gesehen habe. Und die Wahrheit muß man schließlich sagen, bei allem Verständnis ..." Er wies mit einer umfassenden Bewe gung des ganzen Armes und mit geöffneter Hand über die ausgedehnte Lehrwerkstatt. „Diese Kadetten", sagte er, „denken Sie nur nicht, daß die immer so friedlich sind. Ich könnte ihnen Sachen erzählen ... Na, Sie wissen ja, wie die Jugend heute ist. Wie sie wohl immer war, wir selbst nicht ausgenommen. Diese überschüssige Kraft. Und das Selbstbewußtsein. Das haben wir natürlich unsererseits gezüchtet, geradezu eingepflanzt. Und nun müssen wir sehen, wie wir damit fertigwerden, wie wir die überschäumenden Temperamente zügeln und sie soweit unter Kontrolle halten, daß wir das darin enthaltene und ja eigentlich überwiegend Positive in die richtige Bahn lenken, in Leistung für die Gesellschaft ummünzen, es nützlich werden lassen. Na, Sie brauche ich nicht zu agitieren, Genosse Leutnant, Sie wissen das ... Tragisch, ich empfinde es als wirklich tragisch, was da in Lichtenberg geschehen ist. Das haben die alle vier nicht gewollt. Im Gegenteil, sie wollten ja den beiden alten Frauen helfen. Der Tote ist der eigentlich Schuldige, aber natürlich durfte es ihn nicht so hart, so endgültig treffen. Einen Denkzettel hatte er verdient, aber nicht so ... und immer ist Alkohol im Spiel. Glauben Sie ja nicht, ich hätte da nicht meine Probleme. Drei von denen dort", er wies wieder in die Tiefe der Halle, „drei von ihnen sind Trinker, ich meine süchtig oder nahe daran, darunter ein Mädchen. Früher gab's da nur eins, Lehrvertrag aufgehoben, raus, keine Beeinflussung oder Ansteckung der anderen. Heute, Sie kennen das ja, ist nie der Schuldige schuldig, die Eltern vielleicht noch, aber die sind meist nicht verantwortlich zu machen, weil sie selber Assis sind oder psychiatrische Fälle, also irgendeine Milieuschädigung im negativen oder, das ist paradox, positiven Sinne. Also zum Beispiel überlastete Führungskräfte in der Wirtschaft, Wissenschaftler und ähnliches, das ist ja bekannt. Verantwortlich muß aber irgendwer sein. Und wenn es die Umstände nicht sind und nicht sein dürfen, bleiben nur die Vorgesetzten in Schule und Betrieb. Jedenfalls haben die sich drum zu kümmern, müssen es in Ordnung bringen."

„Und wie?" fragte Dieter Gremm.

„Wie? Ich muß zusammen mit dem Vertrauensmann der Gewerkschaftsgruppe und der FDJ-Leitung und der Betriebsärztin die Betreffenden mit unendlicher Geduld so lange überzeugen, bis sie sich zu einer Entziehungskur bereitfinden."
„Und wenn das ohne Erfolg bleibt?"
„Dann geht das weiter, immer und immer wieder von vorn."
Gremm führte das Gespräch auf sein Anliegen zurück, die Zeugenaussage im Fall Uwe Barnitz.
„Ich werde noch einmal sehr genau überdenken, was ich als präzis erinnerte Einzelheiten bestätigen kann. Nur das wird in eine erneute Aussage eingehen. Aber ob die dann für den Angeklagten günstiger ausfallen wird, da kann ich Ihnen nichts versprechen ..."
„Sie sollen mir nichts versprechen, es geht ausschließlich um die Wahrheitsfindung. Und dabei ist so objektiv wie möglich mitzuhelfen, das brauchen Sie nicht zu versprechen, das ist Ihre Pflicht als Staatsbürger und als ..."
„Gut, gut, Genosse Leutnant", sagte der Lehrmeister, „jetzt agitieren Sie mich, und das ist weiß Gott nicht nötig."
Dieter Gremm verabschiedete sich von dem sympathischen Fleischberg. Er verkniff sich zu offenbaren, daß er eigentlich ein Kollege sei und unterdrückte seine Gelüste, doch schnell mal einen sich spiralig abhebenden Span runterzudrehen.
Die bisherige Bilanz sah traurig aus. Setzte man den Haupttechnologen und den Lehrausbilder mit je einem halben Punkt für und einem halben Punkt gegen und die Großmutter mit einem ganzen Punkt gegen Uwe Barnitz an, dann stand es jetzt bestenfalls zwei zu eins gegen ihn. Die Chance, ein zwei zu zwei durch den vierten Zeugen zu erreichen, war gering, fast gleich null.

14. Papa von Zwillingen (2)

Der Blumenstrauß, im Überschwang gekauft, war riesig. Überschwang verleitet zu Unbedachtsamkeit. Gesellt sich Unerfahrenheit hinzu, geschieht Unsinniges, schlechthin Unsinn.

Drei Säuglingsschwestern hatten fünf Minuten lang nichts Dringenderes zu tun, als hinreichend viele leere Konservengläser zu suchen, die als Vasenersatz Sebastians Rosenfülle aufnehmen konnten. Weil die Blüten in allen Stadien der Entfaltung wegen ihres betäubenden, den Raum überflutenden Duftes nur kurze Zeit im Zimmer mit den vier Müttern verbleiben durften, ließ man sie – da die Schwestern keine Zeit hatten, die vielen Vasen ständig hin- und herzutragen – zum großen Teil gleich draußen an der Scheuerleiste des Korridors zwischen den Türen stehen.
Sebastian befand sich in einer unangenehmen, ihn irritierenden Situation. In Gegenwart von drei anderen, ihm völlig fremden Frauen sollte er seine eigene Frau begrüßen, ihr mit einem behutsamen Kuß seine Empfindungen zum Ausdruck bringen, Empfindungen, über die er sich noch gar nicht im klaren war. Schließlich sollte er dabei auch noch zu einem Ereignis gratulieren, dessen Eintreten er zwar vor einem Dreivierteljahr mit veranlaßte, an dessen eigentlichem Ablauf er aber keinerlei Anteil hatte und von dessen entscheidender letzter Phase er absolut ausgeschlossen war.
„Wir Rechenkünstler", begrüßte ihn Susann, glücklich und fast schon wieder schön ausschauend. „Sie sind nämlich nicht zu früh gekommen, nicht einen Tag. Wir haben uns verzählt, um etwa eine Woche."
Sebastian, unbeholfen und verlegen wegen der anderen Zimmergenossinnen und aus dem Gefühl heraus, daß Susann nach dem Geburtsvorgang zumindest irgendwie verändert sein müsse, zog sich einen Stuhl an ihr Bett und setzte sich.
Susann, die über ihn so gut Bescheid wußte, die seine männlich-komplizierten, von so viel Überflüssigem belasteten Regungen erspürte, half ihm, indem sie sagte: „Komm, gib mir einen Kuß."
Dann berichtete sie, wie die Wehen unerwartet eingesetzt hatten, gleich mit großer Vehemenz, pausenlos und immer heftiger. Sie hatte im letzten Moment, die fünfhundert Meter vom Hochhaus zur Klinik zu Fuß eilend, die Geburtshilfestation erreicht, da sei es auch schon losgegangen.

Wie es gewesen sei? Das würde sie ihm später erzählen, es sei jedenfalls alles in Ordnung, nein wirklich, es sei alles gut gegangen, so schlimm sei es nicht gewesen (wie sie es tatsächlich erlebt, daß sie es kurzfristig als unerträglich empfunden hatte, das ging ihn nichts an, vorerst jedenfalls nicht). Die Kinder seien einfach himmlisch, das allein gelte.
Als eine Schwester ins Zimmer trat, fragte Susann, ob Sebastian zuschauen dürfe, wenn sie stillte. Das wurde kategorisch abgelehnt. Er solle sich verabschieden, es sei ja keine eigentliche Besuchszeit, und es würde für sie und die anderen Muttis zuviel. Die Zwillinge bekäme er zu sehen, na klar.
Susann machte ihn noch kurz mit den drei anderen Frauen bekannt, nannte deren Namen, die er schon Minuten später nicht mehr wußte. Zwei von ihnen hatten am Vortag ihr Baby geboren, ihre Bettnachbarin – sie selbst lag am Fenster – war mit ihr zusammen im Kreißsaal gewesen.
Im Korridor mußte er ein Weilchen warten. Dann bog aus einem Seitengang rückwärts gehend eine Schwester ein, die einen Wagen hinter sich herzog. Vor Sebastian blieb sie stehen. Auf einer Art Deck lagen in zwei Reihen jeweils sechs Säuglinge nebeneinander. Nur die kleinen Köpfe und Arme schauten aus den gewickelten Paketchen heraus. Die meisten schliefen. Einige hatten die Augen geöffnet.
„Nun", fragte die Schwester, „welche sind Ihre? Sie sind doch der Vater der Zwillinge?"
Sebastian blickte sonderbar berührt, sogar gerührt auf die gerade Geborenen, auf so viel noch erst im Keim vorhandene, bestenfalls als winzige Knospe anzusprechende Hoffnung, Erwartung an das Leben, Anspruch auf Glück, auf Erfüllung, auf ein sinnvolles Dasein. Er fühlte eine große Verantwortung in sich wachsen angesichts dieser winzigen, völlig hilflosen, den Erwachsenen so unbedingt ausgelieferten Kinder – eine Verantwortung, wie er sie größer und bedeutender noch nie empfunden hatte.
Er sah genauer hin, und ohne zu zögern, doch nicht auf Grund eines unerklärlichen Instinktes, irgendeiner durch nebulöse „Bande des Blutes" ausgelösten Erkenntnis, sondern ein-

fach, weil man es sah, weil zumindest er es zweifelsfrei sehen konnte, weil von zwölf Neugeborenengesichtchen jedes schon seine deutliche differenzierte Individualität dieser Welt entgegenhielt, zeigte er auf zwei nebeneinander liegende Bündel. Das eine Baby, schlafend, hatte ein liebliches, rosiges Antlitz, und er hoffte, daß es sein Töchterchen sei. Das andere Kind schien ihn aufmerksam anzusehen, obgleich er wußte, daß die Augen Neugeborener noch nichts, jedenfalls in der Entfernung, in der er sich befand, wahrnehmen konnten (aber wer weiß, dachte er). Diese ernst wirkenden Augen schauten aus einem runzligen Gesicht, das einem zwergenhaften Greis zu gehören schien, der die Welt in ihrem Wesen längst erkannt hatte. Das Gesicht war flankiert von Fäustchen mit violetten, geradezu mikroskopisch kleinen Fingern, deren erbarmungswürdige Funktionsuntüchtigkeit noch Schutz erheischte, aber zukünftige eigene Fähigkeit zum festen Zupacken versprach.
„Diese beiden", sagte Sebastian. „Meine Tochter, mein Sohn", fügte er stolz hinzu.
„Richtig", bestätigte die Schwester, „gratuliere. Die meisten Väter sind sich nicht so sicher. So, Ihr Kleinen, jetzt geht's zu den Muttis, jetzt gibt's was Gutes."
Erst als Sebastian vor dem Krankenhaus stand, wurde er sich richtig bewußt, daß eine neue Etappe, eine völlig neue Etappe seines Lebens begonnen hatte. Und er sah voraus, daß einen Teil seines Lebens, seiner Zeit, seines Handelns von nun an diese beiden Wesen beanspruchen würden. Ein Uwe Barnitz, an den er seit mindestens zwei Stunden nicht mehr gedacht hatte, und andere, mit denen er im Interesse der Gesellschaft und letztlich auch in ihrem eigenen Interesse zu tun hatte, würden zwar sein volles Engagement auch weiterhin erhalten, aber zu der Verantwortung, die ihm sein gewählter Beruf auferlegte, trat diese neue, der er sich gern und mit Begeisterung stellen wollte. Beide, dialektisch beleuchtet, standen auch wieder in einem unmittelbaren Zusammenhang.

15. Aussage eines Exverlobten

Bertie Stein (Robert, aber seine Eltern und alle anderen sagten nur Bertie) sah in den Spiegel und rückte an der völlig korrekt gebundenen Krawatte, um sie noch korrekter, um sie absolut korrekt sitzen zu lassen. Es kam darauf an. Er löschte das Licht im Entrée und verschloß die Tür hinter sich. Zwei Sicherheitsschlösser. Er stieg die Treppe hinab, wobei er erneut auf die Armbanduhr schaute, obgleich er die Zeit soeben erst kontrolliert hatte. Bis zur Abfahrt der Straßenbahn von der Haltestelle unmittelbar am Haus blieben noch fünf Minuten. Man mußte immer einen Sicherheitsspielraum einplanen, es konnte Unvorhergesehenes geschehen.

Im Straßenbahnwagen hielt er vorschriftsmäßig die Monatskarte hoch, und zwar um so viel länger, als es andere getan hätten, daß auch tatsächlich jeder Fahrgast diesen Beweis seiner legitimen Benutzung des öffentlichen Verkehrsmittels zur Kenntnis nehmen konnte. Da kaum jemand hinsah und von seiner Demonstration für Recht und Ordnung Notiz nahm – „law and order", wie er sein Verhalten in allen Lebenslagen gegenüber sich selber gern durch den Anglizismus bewußt überhöht begründete –, mischte sich ein Zug von Beleidigtsein in Roberts um Beherrschung bemühtes Mienenspiel, ein Zug, der seit dem Knabenalter sein Gesicht prägte, in letzter Zeit aber häufiger und deutlicher hervortrat. Bemerkbar wurde dieser mehr oder minder stets vorhandene Ausdruck erlittener Kränkung, als ihm, nach neun ersten Lebensjahren als Einzelkind, ein Bruder geboren wurde. Die Aufmerksamkeit, die bis zu diesem Zeitpunkt die Eltern seiner nie vom rechten Pfade abweichenden Bravheit widmen konnten, wurde nun so stark von dem neuen Erdenbürger, einem sehr unruhigen Kind, in Anspruch genommen, daß die Striktheit seines, Berties, Verhaltens als selbstverständlich vorausgesetzt und unbedingt erwartet, jedoch nicht mehr im gewohnten Maß mit Lob honoriert wurde. Sein Vater war ein auf extreme Regelmäßigkeit bedachter Hauptbuchhalter, bei Berties Geburt fast vierzig Jahre alt. Seine auf Maximen fußende Exakt-

heit hatte er auf den Sohn übertragen. Diese wurde ergänzt und komplettiert durch seit Generationen verwurzelten traditionsgebundenen Anschauungen seiner Mutter, die aus einem evangelisch-lutherischen Pfarrhaus stammte und in der peinlich bis ins Detail geordneten Führung von Haus und Familie ihre Erfüllung fand. Das Ausbleiben verdienter Anerkennung verletzte Bertie mehr als irgend etwas, mehr auch als die unverblümten Beleidigungen, denen er sich in einer Welt von Schlamperei, wohin man auch schaute, ständig ausgesetzt sah. Denn nicht nur Gleichaltrigen im Kindesalter gefiel es, ihn zu verletzen. Später während des Studiums und nun bei den ersten Schritten im Berufsleben in einer Bezirksbehörde der Staatlichen Finanzinspektion, wo Ordentlichkeit doch eigentlich oberstes Prinzip war, empfanden die Menschen seiner Umgebung diese Vorbildlichkeit als Vorwurf der eigenen allzu menschlichen Unvollkommenheit, in der man sich recht angenehm befand und aus der sich zu lösen keinerlei Bereitschaft bestand, schon gar nicht seinetwegen. Bertie Stein war, auf eine komprimierte Formel gebracht, einfach „zum Kotzen", und das ließ man ihn bei jeder Gelegenheit spüren.
Aber niemand ist so linear strukturiert, von den Anlagen her so einseitig ausgestattet, daß man ihn mit einer Gleichung vom Typ „a plus b gleich c" erfassen und damit seiner Persönlichkeit gerecht werden könnte. Der mathematische Ausdruck jedes Charakters, auch das fadesten, weist Potenzfaktoren und Quadratwurzeln, hyperbolische Multiplikatoren und der Wahrscheinlichkeitstheorie unterliegende Näherungen auf, die dem Gesamtsystem eindeutige Lösungen versagen. Und deshalb war Bertie Stein keinesfalls ein rundum nur unsympathischer Zeitgenosse. Und weil er das nicht war, hatte seine Beziehung zu Jutta Laschitz immerhin fast zwei Jahre gedauert, „gehalten" sollte man treffender sagen, hatte sogar vor sechs Monaten zu einer formvollendeten Verlobung geführt, nachdem er zuvor geziemend bei ihren Eltern um die Hand der Tochter angehalten hatte. Die Eltern hatten nicht gewußt, ob sie sich vor Belustigung kringeln oder geschmeichelt fühlen sollten. Sie selbst hatten „zu ihrer Zeit" niemand um

Einwilligung gebeten; Jutta war unterwegs, es wurde schnell geheiratet – das allerdings, Heiraten, war damals, Anfang der sechziger Jahre, noch gang und gäbe. Den Eltern wurde die vollendete Tatsache und der Grund für die Eile mitgeteilt. Jutta hatte ihren Eltern schließlich mit Geschick über die ungewöhnliche, für Bertie aber unerläßliche Situation hinweggeholfen.
Wenn wir sagen, seine Beziehung zu Jutta Laschitz hatte zwei Jahre gedauert, so analysieren wir den Bruch zwischen den beiden bereits als endgültig, weil wir als unbeteiligte Beobachter und mit mehr Lebenserfahrung und Menschenkenntnis ausgestattet als Bertie Stein uns keinen Illusionen hinzugeben brauchen, da für uns daraus sowieso nichts zu gewinnen ist.
Bertie jedoch, auf dem Weg zum Bahnhof Lichtenberg, gab sich noch der Illusion hin, in letzter Minute das Ruder des Kahnes, als den er seine Verlobung gleichnishaft ansehen mußte, wenn er bei dem Bild vom Ruder bleiben wollte, herumreißen zu können. Richtiger wäre es wohl, vom Versuch des Stopfens eines ungeheuren Lecks in diesem rasch sinkenden Nachen zu sprechen, ein Leck, das bereits viel zu groß war, um es noch schließen zu können. Genug der Bilder! Jutta Laschitz schickte sich nämlich an, den Schnellzug nach Meiningen zu besteigen, um zu dem Mann zu fahren, an dessen Seite und in dessen von einer gewissen Laxheit bestimmten Sphäre sie sich ein ihrem Temperament, ihren romantischen Vorstellungen vom Leben entsprechendes Glück erhoffte. Bei Bertie Stein würde sie es, wie sie längst wußte, nie finden. Dieser Mann, dem sie nacheilte, war dreißig Jahre alt, war ein Geologe, ein Spürhund auf den Fährten des dringend in unserem so brennstoffarmen Land benötigten, aber leider offensichtlich flüchtigen Erdöls. Flüchtig war es zu nennen, weil es, falls vorhanden, bisher von niemandem entdeckt wurde. Noch Ende der fünfziger Jahre waren selbstbewußte, ja überhebliche Prospektoren, auf Grund der Aussagen selbstbewußter, ja überheblicher Professoren, der öffentlich verkündeten Meinung, der Norden der DDR „schwimme“ auf dem sehnsüchtig herbeigewünschten flüssigen Energieträger. Der befinde sich zwar

tief drunten, aber – das sei nur eine Frage der Technik – er könne hervorgeholt und gefördert werden. Nun folgte die Ernüchterung, daß die DDR wohl doch auf nichts Besonderem schwimme (wir reden von ihrer geologischen Situation, nicht von der ideologisch aufzufassenden revolutionären Woge). Es folgte eine verzweifelt systematische Suche auf der Basis eines Rasterschemas sowohl im Norden wie auch im Süden, bei der gelehrte Überlegungen nicht mehr den Vorrang hatten. Man versuchte es an jedwedem Ort. Und mit einem dieser Bohrtrupps, die kreuz und quer durchs Land zogen – und ihre Marken in Form von Sondenköpfen setzten, die mit einem Stutzen und einem Handrad versehen sich inmitten von Feldern den Anschein von rätselhaft in der Landschaft plazierten Feuerwehrhydranten gaben – mit solch einer Gruppe von Erkundern der Erdunterfläche vagabundierte Jutta Laschitz' augenblicklicher Schwarm und schwärmte ihr von dem wahren Leben in nahezu zigeunerhafter Freiheit. Da sie über eine solide Ausbildung und auch schon eine gewisse Erfahrung als Chemielaborantin verfügte, hatte er ihr einen Arbeitsplatz in seinem Team und einen Schlafplatz in seinem Wohnwagen versprochen. Dieser theoretisch ausgebildete, im Praktischen versierte Schatzsucher unserer Tage war fast einen Kopf größer als Bertie Stein. Das allein war schon schlimm, weil es einen unverdienten, physisch bedingten Vorteil schuf. Dazu jedoch trug er in Fülle langes, im Sonnenschein seidig glänzendes Haar und selbstverständlich eine Nickelbrille, war meistens gekleidet in Sandaletten, geflickten Jeans, Folkloreblusen aus der Puszta mit flügelartig erweiterten Ärmeln, und bei Regen oder kälterem Wetter zog er natürlich eine Parka über, eine Parka vom echten olivgrünen sackartigen Typ.

Wir wollen uns hierbei nicht zu lange aufhalten. Sekunden, nachdem Jutta Laschitz auf dem Bahnsteig zu Bertie Stein gesagt hatte: „Kapierst du immer noch nicht? Scher dich endlich zum Teufel, du Langweiler!" – (ganz schön brutal, wenn man bedenkt, daß sie bis vor kurzem verlobt waren, da sind wir einer Meinung, aber so ist das Leben!) –, begann die Schlägerei, deren Zeuge Robert Stein wurde. Und er blieb dabei, seine

Aussage war durch nichts zu erschüttern oder zu modifizieren.
„Der Uwe Barnitz war beteiligt, er hat auf den Getöteten eingeschlagen, genauso wie die drei anderen."
Was haben wir uns, was hatten sich Haussmann und Gremm und auch die Verteidigerin von seiner Aussage versprochen?

16. Verabredung eines Rendezvous

Frau Dr. Sennheiser suchte Haussmann und Gremm in deren Büro auf. Die Rechtsanwältin sah attraktiver denn je aus. Ihre Augen versprühten ein mädchenhaftes Feuer. Bei der einleitenden Unterhaltung über das Wetter und alles und jedes parierte sie geistreich Haussmanns von Witz getragenen Bemerkungen, seine bewußt übertreibenden Sarkasmen, mit denen er lokale Ereignisse der letzten Tage, eine Uraufführung der Staatsoper, eine Bezirksausstellung der Berliner Bildenden Künstler in der Galerie am Fernsehturm und anderes sehr subjektiv bewertete. „Wenn schon Provinz, dann wenigstens Berlin", fügte er ein nicht von ihm stammendes Bonmot ein. Da er vieles recht oberflächlich kommentierte, bot er Angriffspunkte, ungesicherte Flanken, die die Verteidigerin für intelligente Konterattacken und zur Darlegung ihrer Sicht nutzte.
Dieter Gremm schwieg. Das war ein weites Feld, auf dem er nichts zu bestellen hatte. Nicht ohne eine gewisse Verwunderung bemerkte er den Eifer, mit dem die Rechtsanwältin ihre kritischen Einschätzungen und auf Brillanz bedachten Wortspiele im wahrsten Sinne an den Mann zu bringen vermochte, und er dachte: Sebastian, gib acht!
Nach wenigen Minuten dieses Auftakts, in der es – Dieter Gremm sah das durchaus richtig – der charmanten Frau gelang, Sebastian ganz in ihren Bann zu ziehen, kamen sie zur Sache.
Frau Dr. Sennheiser hatte in ihren Gesprächen mit den Zeugen kein wesentlich anderes Ergebnis zuwege gebracht. In

einigen Einzelheiten gab es Unterschiede der Aussagen, die jedoch insgesamt nicht gewichtig genug waren, um Uwe Barnitz zu entlasten. Außerdem war es fraglich, ob diese Einzelheiten vor Gericht, im Verhör des Staatsanwaltes oder des Richters, erkennbar würden. Der Gerichtssaal hat seine besondere Atmosphäre, schafft ein psychologisches Klima eigener Art, läßt schon einmal Ausgesagtes – auch zur Überraschung von Juristen mit langer Prozeßerfahrung – plötzlich in anderer Beleuchtung erscheinen, läßt es selbst bei der Wiederholung mit durchaus den gleichen Worten ganz anders klingen, einen anderen Sinn annehmen. Man konnte sich da auf nichts verlassen, mußte mit Unvorhersehbarem rechnen. Juristisches Kalkül, Strategie und Taktik des prozessualen Vorgehens, unterlagen für beide Seiten, Staatsanwaltschaft wie Verteidigung, Unwägbarkeiten, die gelegentlich entscheidenden Einfluß gewannen, wenn solch heikle, widerspruchsvolle Tatumstände wie im Fall Uwe Barnitz zu beurteilen waren. Wie einfach, beruhigend, allerdings auch langweilig war da doch das Gros der vor Gericht anhängigen Verfahren um den Einbruch in einem Spirituosenkiosk oder auch Heiratsschwindel.
„Ich meine“, sagte Frau Dr. Sennheiser, „wir sollten noch einmal, und vielleicht gemeinsam, die Gegebenheiten auf dem Bahnsteig anschauen. Wir sind es dem Jungen schuldig, zu seinen Gunsten immer und immer wieder zu prüfen, ob nicht doch ein wahrer Kern in seinen Behauptungen steckt. Man muß ihm helfen, es muß einen Weg geben, um ihm zu helfen.“
Die Eindringlichkeit, mit der sie das fast beschwörend sagte, unterschied sich auffällig von dem intellektuellen Geplänkel der einleitenden Unterhaltung. Die Rechtsanwältin genoß nicht umsonst den Ruf einer Könnerin. Ihre Fähigkeit, sich auf das jeweilige Thema, auf eine zur Debatte stehende Sache zu konzentrieren, erforderte schnelles Umpolen und ging einher mit der Gabe, die dem jeweiligen Gegenstand angemessene Form der Behandlung zu finden.
„Alles schon passiert“, sagte Dieter Gremm. „Das ist doch alles schon zum Überdruß passiert. Lokaltermine des Gerichts, Ermittlungen der Staatsanwaltschaft vor Ort. Wir selbst sind

zweimal in Lichtenberg gewesen. Sie, Frau Doktor, wahrscheinlich noch öfter. Da ist nichts mehr zu holen, das wissen wir doch."

Der Leutnant wirkte ärgerlich aufgeregt, wie ihn Haussmann selten erlebt hatte. Dabei hatte Gremms übliche Ruhe Aussicht, im Polizeipräsidium sprichwörtlich zu werden. Heute war er nicht er selbst. Es hängt wohl mit seiner ungeklärten Situation auf dem Wohnungsamt zusammen, vermutete Haussmann nicht ganz falsch.

„Trotzdem", sagte die Anwältin fest.

„Einverstanden", pflichtete ihr der Oberleutnant bei. „Ich verspreche mir allerdings, da gebe ich dir recht, Dieter, auch nicht mehr das Geringste, aber es schadet zumindest nichts, also sollten wir's tun, denn etwas Besseres fällt uns im Augenblick nicht ein, mir jedenfalls nicht."

„Schönchen", sagte Gremm, „wann?"

„Wenn Sie es einrichten könnten", schlug die Anwältin vor, „heute abend. Ich meine, wir sollten eine Uhrzeit wählen, zu der es ebensofinster ist, also ähnliche Beleuchtungsverhältnisse herrschen wie am Tatabend. Und es fällt schon den ganzen Tag leichter Regen, das entspricht in etwa auch den Bedingungen des damaligen Geschehens."

„Ich glaube, ich kann es einrichten", sagte Haussmann mit leichtem Seufzer. „Das heißt, wenn es nötig ist, haben wir es bekanntlich immer einzurichten, das wissen Sie ja, das ist unser Dienst."

Dieter Gremm fügte etwas hinzu, und es blieb offen, ob es ein Versuch sein sollte, Sebastian von der abendlichen Aktion zu entbinden – er, Gremm, hätte die erneute Untersuchung auch allein vornehmen können –, oder ob es beabsichtigt eine an den Mann und die Frau gerichtete Warnung oder zumindest Mahnung sein sollte. Dieter Gremm sagte: „Genosse Haussmann ist seit drei Tagen Vater eines Zwillingspärchens."

Annegret Sennheiser, in allen Lebenslagen ebenso beherzt wie beherrscht, reagierte darauf spontan: „Ich gratuliere. Das ist ja doll! Ich wußte es nicht. Natürlich habe ich Verständnis . . ."

„Danke", unterbrach Haussmann, „danke für die Gratulation. Es bleibt bei dem Termin, er ist okay. Meine Frau ist noch in der Klinik. Heute abend Punkt neun auf dem Bahnsteig." Der Blick, den er Gremm zuwarf, war irgendwie böse. Kümmere dich um deine Angelegenheiten, bedeutete er wohl.

Am Nachmittag fuhr er zur Wohnung und machte etwas Ordnung. Um achtzehn Uhr war Besuchszeit im Krankenhaus. Susann kam im Morgenrock den Korridor entlang auf ihn zu. Er durfte die Kinder sehen, die ihm schon viel größer erschienen. Sie gehörten also ihm. Aber eine richtige väterliche Beziehung habe ich eigentlich noch nicht zu ihnen, dachte er. Der Beschützerinstinkt, den er am ersten Tag spontan verspürt hatte, war unvermindert vorhanden, erstreckte sich aber, empfand er, wohl auf jedes so winzige Menschenkind, das man ihm anvertraut hätte. Noch waren diese beiden nicht aus der allgemeinen Menge von Babys herausgehoben und ihm „ans Herz gelegt". Er durfte sie auch noch nicht an sich nehmen, sie im Arm halten und schon gar nicht in überschwenglicher Vaterfreude mit ausgestreckten Armen hoch über sich heben, um ihnen von unten ins Gesicht zu lachen und auf ihr Lächeln zu warten. Viel zu lange dauert das alles, dachte er. Wann werden es denn richtige Kinder sein, mit denen man etwas anfangen kann? Das Äußerste, das ihm gestattet wurde, war ein Streicheln mit dem kleinen Finger über die Wangen und Händchen, wobei erste Greifreflexe seiner Kinder ein bisher ungekanntes, also neuartiges Glücksgefühl in ihm auslösten, das ihn die Schönheit der zukünftigen Pflichten als Vater, als Erzieher, die er gern auf sich nehmen und mit Ernst und Verantwortung erfüllen wollte, ahnen ließ.

Prinzipiell zu beachtende Fragen der Klinikhygiene, die auf der Station zu respektierende Ruhe, das bevorstehende Stillen – es gab genügend Argumente für die auftauchende Oberschwester, ihn zu einem baldigen Aufbruch zu drängen. Als er Susann zum Abschied küßte und „Bis übermorgen, Liebling" sagte, dachte er nicht an Annegret Sennheiser, kein bißchen. Aber als er das Krankenhausgelände verließ, dachte er

schon wieder an sie, konnte das jedoch durchaus mit der dienstlichen Verabredung am späteren Abend begründen (oder sollten wir treffender „rechtfertigen" sagen?).
Nicht nur uns überrascht das, auch er selbst wunderte sich.

17. Bahnsteig E

Die Quecksilberdampflampen warfen kaltes Licht. Trotz der grellen Beleuchtung wirkte alles fahl, die Schatten allerdings hart. Die geschminkten Lippen der Rechtsanwältin sahen blauschwarz aus. Dieter Gremms roter Anorak erschien in düsterem Grau. Die Gesichter der Menschen muteten blutleer an. Ein feiner Regen fiel, dünne Schnüre schienen vor den Lichtern der anderen Bahnsteige zu hängen. Er ließ die gerundeten Blechdächer der Waggons glänzen und die darauf liegenden Reflexe von leuchtenden Objekten zu bizarren Figuren auswuchern. Der Bahnsteig selbst blieb trocken, soweit sich das Dach erstreckte. Im unüberdachten Bereich war er feucht. Doch es bildeten sich keine Pfützen, stellte Haussmann fest, denn den ganzen Bahnsteig entlang zogen sich zwei mit einem groben Metallgrill abgedeckte Regenwasserkanäle. Sie lagen an den jeweils tiefsten Stellen der eigens zu diesem Zweck mit einer entsprechend leichten Neigung versehenen Plattform.
Haussmann überlegte, wieso die Spiegelungen von roten Signallampen rot leuchteten, wenn doch von den Quecksilberdampflampen angestrahlte rote Objekte fast schwarz wirkten. Aber er begriff schnell, daß die Spiegelungen gleich selbstleuchtenden Lichtquellen das Spektrum der Originallichtquellen behielten.
Sie gingen zu dritt auf und ab, beobachteten und prüften zusammen, dann wieder einzeln, die eine oder andere Lichterscheinung näher und tauschten aus, was ihnen aufgefallen war. Aber es brachte sie nicht weiter. Sie entdeckten nichts, was nicht schon früher eingehend untersucht worden war und sich als unbrauchbar erwiesen hatte, die Aussage von Uwe

Barnitz zu bestätigen. Dieter Gremm hatte Kopien all jener Blätter aus der Prozeßakte mitgebracht, die Angaben zu den Verhältnissen auf dem Bahnsteig sowie die Protokolle der Lokaltermine enthielten.

Die in den Schriftsätzen immer wiederkehrende Formulierung vom „Umspringen des Signals von Rot nach Grün“ hatte begonnen, Haussmann zu verfolgen. Sie bildete einen jener Satzfetzen, die man zuweilen längere Zeit nicht mehr loswird, die sich unbezähmbar im Gehirn festsetzen, sich ununterbrochen wiederholen, dann vorübergehend Ruhe geben, plötzlich erneut hervorspringen, ohne in einem Zusammenhang mit gerade Gedachtem, Gehörtem oder Gesprochenem zu stehen. Wie ein lästiger, dauernd überraschend auftauchender Kobold ist solche Formulierung für eine Weile ständig anwesend und läßt sich nicht abschütteln. Sie widersetzt sich jedem Versuch, sie willentlich zu unterdrücken oder sie durch sacht eingeleitetes Vergessen zu überlisten. Sogar im Schlaf läßt sie nicht lokker, ist plötzlich in einem Traum mit plastischer Deutlichkeit gegenwärtig, wird registriert und selbst hier als störend empfunden. Sebastian konnte sie nicht mehr hören.

Frau Dr. Sennheiser, die nach der kurzen Begrüßung, der hier keine Konversation folgte, sofort sachlich und anfangs sehr aktiv mit den Recherchen begonnen hatte, setzte sich jetzt resigniert in das Wartehäuschen. Sie ließ sich von Dieter Gremm die Akte geben und las einzelne Stellen nach. Die beiden Offiziere gingen wieder hinaus und liefen den Bahnsteig auf und ab, zählten mit Schritten Waggonlängen ab, maßen mit den Augen Ein- und Ausfallswinkel von Lichtspiegelungen nach, drehten sich um sich selbst in der Hoffnung, daß ein Rundumblick etwas noch nicht Entdecktes hervortreten lassen würde, und setzten in ratlosem Schlendergang ihre Patrouille von einem Ende des Bahnsteiges zum anderen und zurück fort.

„Sinnlos“, sagte der Leutnant. „Brechen wir es ab. Schade um den Abend.“ Sie hatten inzwischen die Abfahrt von sieben Zügen auf den beiden Gleisen dieses Bahnsteiges verfolgt und zum Vergleich auch die Verhältnisse auf der nicht in Frage

kommenden Seite überprüft. Aber die hierfür gültigen Signale lagen außerhalb ihrer Sicht, von der Lokomotive und den vorderen Wagen verdeckt.
Sie gingen zu der Verteidigerin zurück. Die blickte ihnen sehr nachdenklich entgegen.
„Ich habe hier etwas gefunden, das sollten wir noch einmal überlegen, Herr Oberleutnant."
Haussmann sah sie fragend an.
„Hier steht", fuhr sie fort, „daß an dem Tatabend längere Zeit Nieselregen fiel, wohl auch während der uns interessierenden Ereignisse."
„Ja", sagte Haussmann, „und?"
„Nieselregen gibt keine Pfützen", meinte Gremm belehrend. „Und selbst wenn, eine Spiegelung eines Signals aus einer Pfütze vorn im unüberdachten Bereich hätte nicht das Auge von Uwe Barnitz erreichen können, solange er am Mitropawagen im mittleren Teil des Bahnsteiges stand. Wir haben mögliche Ein- und Ausfallswinkel des Lichtes von den betreffenden Signallampen soeben noch einmal abgeschätzt."
„Sicher", sagte die Anwältin, „für Nieselregen trifft das zu. Aber am Nachmittag, finde ich hier in einer Notiz, die offensichtlich von niemandem bisher beachtet wurde, soll es stark geregnet haben. Starker Regen, steht hier."
„Moment, Dieter, kannst du dich erinnern, was das Mädchen gesagt hat?"
„Welches Mädchen?" fragte Gremm.
„Na, bei der Oma im Hinterhaus, wie hieß sie?"
„Anita, was hat die denn gesagt?"
„Sie meinen mit Oma die eine Zeugin?" fragte Frau Dr. Sennheiser.
„Ja", bestätigte der Oberleutnant. „Das Mädchen hat uns doch erzählt, sie hätte die Großmutter nicht zum Bahnhof begleiten können, weil es so heftig goß, daß der ganze Hof unter Wasser stand, und ihre festen Schuhe zur Reparatur waren. Entsinnst du dich? Stimmt doch, nicht wahr?"
„Stimmt", sagte Gremm.
„Sie halten also auch für möglich, daß doch Pfützen auf dem

Bahnsteig gestanden, Pfützen, deren Wasser noch nicht in die Gullyrinnen gelaufen war." Die Anwältin sah ihn an.
„Tja", überlegte Haussmann, „wenn man das wüßte."
„Wahrscheinlich nicht", sagte Gremm, „das ist doch Unsinn. Erstens könnte das nur für den nicht überdachten Bereich zutreffen, und wir haben soeben festgestellt, daß der nicht interessiert, und selbst dort finden sich die Abflußkanäle im Boden. Es ist also nicht anzunehmen, daß sich Pfützen, selbst regelrechte Überschwemmungen längere Zeit halten. Zweitens, das ergibt sich aus dem gerade Gesagten, können schon gar keine Pfützen an der Stelle gestanden haben, wo sie als Spiegelfläche für einen Beobachter am Speisewagen wirksam geworden wären, also unter dem Dach, wenn eine Spiegelung in Pfützen jetzt dein Rettungsanker für eine neue Theorie zugunsten des Uwe werden soll. Langsam glaube ich, der Uwe operiert mit mysteriösen Erscheinungen."
„Du hast vielleicht recht", sagte Haussmann, „und trotzdem!"
Es war ein ähnliches „Trotzdem", wie es die Rechtsanwältin ihnen am Vormittag entgegengesetzt und damit die abendliche Ortsbesichtigung erkämpft hatte. Frau Dr. Sennheiser erhob sich, und sie traten aus dem Wartehäuschen auf den Bahnsteig. Haussmann lief wie in Gedanken versunken einige Meter mit schlurfenden Schritten hin und her, beobachtete dabei aber sehr aufmerksam die Betonfläche zu seinen Füßen. Er ging auf einen alten Herrn zu, der auf einer Bank saß. An den Koffern, die er vor sich abgesetzt hatte, lehnte ein Spazierstock.
„Würden Sie mir den Stock eine Minute borgen, Sie erhalten ihn sofort zurück", sagte er und nahm den Stock, ohne die Erlaubnis abzuwarten. Er entfernte mit etwas Mühe die festsitzende Gummizwinge. Dann ging er erneut ein Stück auf und ab, wobei er das Stockende leicht über den Boden schleifen ließ. Er reichte ihn der Rechtsanwältin und sagte: „Gehen Sie mal dieselbe Strecke und halten Sie den Stock so, wie ich es eben getan habe."
Die Frau faßte den Stock mit zwei Fingern an der Krücke und zog ihn hinter sich her.

„Tatsächlich“, rief sie aus, „ich weiß, was Sie meinen, ich fühle es.“
Gremm nahm ihr den Stock unaufgefordert ab und vollzog das Experiment nach.
„Vertiefungen“, stellte er fest, „in dem Boden sind überall kaum merkliche flache Mulden. Er ist uneben. Na schön, und? Da befindet sich schließlich das Dach drüber.“
Haussmann gab mit einer Entschuldigung den Stock an den alten Herrn zurück, der anfangs mit verständnislosem Interesse zugeschaut hatte, dann aber unruhig wurde, weil die Einfahrt des Zuges, auf den er offensichtlich wartete, angekündigt wurde.
„Zwei Züge“, sagte Haussmann. Seine Stimme wirkte erfrischt, befreit von der Lethargie, die sich ihrer in der letzten Stunde bemächtigt hatte, als sich so gar kein neuer Gesichtspunkt, keinerlei Aussicht auf einen Erfolg ergeben wollte. „Zwei Züge“, wiederholte er, „und wir sagen Schach ... oder sind selbst schachmatt.“
„Sprich mal wie'n normaler Mensch, Genosse Vorgesetzter, nich so in Rätseln“, Gremm gähnte. Es war zweiundzwanzig Uhr dreißig. „Man wird langsam müde, 'tschuldigung.“ Er gähnte ein zweites Mal.
„Was schlagen Sie vor?“ fragte Frau Dr. Sennheiser.
„Erstens im Präsidium anrufen. Man muß uns den ausführlichen Wetterbericht vom gesamten Tattag besorgen, vor allem Windrichtung und die Windstärken. Bei den Potsdamer Wetterfröschen wird ja jemand Nachtdienst haben.“
Gremm stieß einen anerkennenden Pfiff aus. „Und zweitens?“ fragte er ungeduldig.
„Das zweite kostet ein paar Stunden Schlaf. Wenn Sie dabeibleiben wollen“, wandte er sich an die Rechtsanwältin, „es wird spät, nach Mitternacht.“
„Ich habe morgen Termine, sehr früh schon“, überlegte sie. „Ich ahne, was Sie vorhaben, ungefähr wenigstens. Vielleicht täusche ich mich auch ...“ Sie schaute Sebastian lange an, erstaunlich lange, empfand auch Dieter Gremm, ehe sie sagte: „Nun gut, ich bin dabei, ich bleibe. Bis es losgeht, kann man

ja sicher in dem hübschen Restaurant in der Halle sitzen und etwas essen und trinken." Wie unabsichtlich (wirklich unbeabsichtigt? fragte sich Dieter Gremm, der es zufällig sah) streifte ihr Handrücken Sebastians Hand.

Der Oberleutnant telefonierte mit dem Präsidium. Etwa eine Stunde später erreichte ihn der Rückruf im Restaurant. An dem Tag, als Alfred Schorte um 21.15 Uhr auf dem Bahnsteig E des Bahnhofes Berlin-Lichtenberg niedergeschlagen und tödlich verletzt wurde, hatte es mehrmals, auch noch am späten Nachmittag und am Abend, starke Regenschauer mit ergiebigen Niederschlägen gegeben, wobei der Wind heftig aufgefrischt und in stürmische Böen übergegangen war. Die vorzugsweise Windrichtung war Südost gewesen.

„Nummer eins positiv", sagte Haussmann, als er an den Tisch zurückkehrte. Er trank seinen Juice aus. Einen Weinbrand auf Einladung der Rechtsanwältin hatten beide Kriminalisten abgelehnt, sie waren noch im Dienst. So hatte nur sie einen Schwenker vor sich, an dem sie hin und wieder nippte.

„Nummer zwei, die entscheidende Aktion, beginnt in Kürze. Wir können schon hinaufgehen."

Sie zahlten. Es war kurz vor Mitternacht. Das Restaurant schloß in wenigen Minuten. Sie waren die letzten Gäste.

Auf dem Weg durch die Unterführung und die Treppe zum Bahnsteig hinauf erläuterte Haussmann, was sich nun wirklich abspielen würde. Bisher hatte er sein Vorhaben noch hinter einem Schleier geheimnisvoller Andeutungen verborgen.

„Der letzte Zug von Bahnsteig E ist 'raus. Bis vier Uhr morgens ist das Gleis unbenutzt. Den Güterzügen stehen die Trassen jenseits des Personenbahnhofbereiches zur Verfügung. Wir klettern jetzt zur Bahnsteigaufsicht in die Glaskabine, damit wir keine nassen Füße bekommen. Ein bahneigener Feuerwehrwaggon mit Wassertank und Druckspritze wird auf das Gleis geschoben, und man wird den ganzen Bahnsteig, jedenfalls in den Abschnitten, unter Wasser setzen."

„Wie gesagt, ich ahnte es", äußerte Frau Dr. Sennheiser, und Gremm fügte hinzu: „Ganz gute Einfälle, die du so manchmal hast."

Der Rest lief wie eine übliche Übung der Bahnhofsfeuerwehr ab. Als genug Wasser auf dem Beton stand und die Zufuhr gedrosselt wurde, beobachteten sie, wie das Wasser erstaunlich schnell in die Abflußrinnen strömte. Nach wenigen Minuten konnte man den Boden wieder betreten, ohne sich nasse Füße zu holen. Sie stiegen die Stufen von der Kabine hinab. Wie von Hausmann vorhergesehen, stand an verschiedenen Stellen das Wasser in Lachen, dort wo die Fläche des Bahnsteiges geringe Vertiefungen aufwies. Einsenkungen, die so flach waren, daß sie ohne die Wasserfüllung nicht zu sehen waren. Und vom markierten Punkt aus, an dem Uwe Barnitz vor dem Mitropawagen gestanden hatte, sah man die Spiegelung der in Frage kommenden roten Signallampe. Zu ihrer Sicherheit wurde das Signal umgeschaltet. So konnten sie sich davon überzeugen, wie das Signal auch in der Pfütze von Rot auf Grün sprang.

Hier könnten wir uns schon von Sebastian Haussmann, Frau Dr. Sennheiser und Dieter Gremm verabschieden. Wir werden ihnen wiederbegegnen.

Uwe Barnitz wurde – anders als seine drei Freunde – freigesprochen. Im Verfahren geriet der Wahrheitsgehalt der belastenden Zeugenaussagen dank der erfahrenen Prozeßführung durch den Richter und dem umsichtigen Agieren des Staatsanwaltes noch stärker als bisher in Zweifel, so daß die Verteidigerin kaum zu tun hatte (was sie bedauerlich fand). Ausschlaggebend war, daß sich von dem gesicherten Standort am Speisewagen die Spiegelung der beiden Signallampen, der roten und der grünen, in einer Pfütze beobachten ließ, sofern Pfützen auf dem Bahnsteig standen. Damit gewann die Aussage des Angeklagten Barnitz ein entscheidendes Gewicht. Es wurde nicht wesentlich durch den Umstand gemindert, daß er unter der Wirkung von Alkohol die Beobachtung gemacht hatte. Und daß Pfützen auch im überdachten Teil des Bahnsteiges an jenem Abend vorhanden waren, machte der Wetterbericht höchstwahrscheinlich.

Als Haussmann und Gremm, die an der Verhandlung als Gutachter teilgenommen hatten, Uwe Barnitz gratulierten und sich von der Verteidigerin verabschiedeten, blieb Annegret Sennheisers Hand abermals länger als üblich in Sebastians Hand liegen. Und als sich Sebastian am Ende des Korridors noch einmal umdrehte, sah er, daß ihm die Frau, die noch mit ihrem Schützling sprach, unverwandt nachschaute.

Der Tod des Guru

Für John-Albrecht

1. Das eigenartige Haus

In Luisenhagen, dem Nachbarort des bekannteren Friedrichshagen, am Rande von Berlin, gibt es ein eigenartiges Haus, ein an sich uninteressantes zweistöckiges Vorstadthaus in reparaturbedürftigem Zustand. Zwischen höheren Mietshäusern liegt es etwas zurückgesetzt hinter einem Staketenzaun in einem verwilderten Garten. Was es eigenartig macht, ist seine überraschende Fassadenbemalung. Bis über die Höhe der Fenster im Erdgeschoß sind alle Flächen in leuchtenden Farben mit orientalisch anmutenden Ornamenten bedeckt. Zwischen den jeweils zwei Fenstern rechts und links der Tür sieht man zwei Figuren, von denen die eine in wallendem Gewand tanzt, die andere sich in meditierender Haltung niedergelassen hat. Sie stellen ein und dieselbe Person dar, einen noch jungen Mann mit kahlgeschorenem Schädel. Die Ungewöhnlichkeit der bunt dekorierten Hausfront läßt Passanten verwundert den Schritt verhalten, um die Merkwürdigkeit zu betrachten. Nur wenige Einheimische wissen, daß der in zwei charakteristischen Posen gezeigte Jüngling Krishna sein soll, die wichtigste Inkarnation des hinduistischen Gottes Vishnu. Krishna lebte angeblich vor 5000 Jahren. Seine bis heute lebendig gebliebenen Lehren, ein Herzstück der indischen Hauptreligion, erfahren seit einigen Jahrzehnten durch die Internationale Gesellschaft für Krishna-Bewußtsein eine Verbreitung über die ganze Welt. In dem eigenartigen Haus in Luisenhagen wohnte bis zum 1. Juli 1982, ziemlich genau bis 20 Uhr 30, das Oberhaupt einer kleinen Gemeinde von Krishna-Anhängern, der Guru Swami Gosvami Engelbert, der mit bürgerlichem Namen Engelbert Radtke hieß. Ziemlich genau um 20 Uhr 30 des genannten Tages endete sein Leben gewaltsam.

2. Ein Tempel und ein Toter

Der Dienstwagen, mit dem Hauptmann Haussmann um 22 Uhr von zu Hause abgeholt wurde, raste mit Blaulicht und dem durchdringenden periodisch an- und abschwellenden Signalton der Sirene vom Köpenicker Allende-Viertel, in dem die Familie Haussmann wohnte, die Straße am Müggelsee entlang.

„Was ist in Luisenhagen passiert?"

„Ein Mann ist in seiner Badewanne ertrunken, möglicherweise mit etwas Nachhilfe", informierte Leutnant Gremm.

Luisenhagen liegt zwischen den zum Stadtbezirk Köpenick zählenden Ortsteilen Friedrichshagen und Wilhelmshagen, eng an Friedrichshagen anschließend. Hatten die hohenzollernschen Monarchen, die seit dem Vater des Großen Kurfürsten eintönig traditionell alle entweder Friedrich oder Wilhelm und hin und wieder Friedrich Wilhelm hießen, verschiedenen Berliner Stadtteilen oder damals noch weit außerhalb der Residenz von ihnen gegründeten Siedlungen ihren Namen verliehen, so war ausnahmsweise diese kleine Gemeinde zu Ehren der Königin Luise getauft worden. Die Namen der preußischen Königinnen und preußisch-deutschen Kaiserinnen waren sonst eigentlich nur an Krankenhäuser, Stiftungen und an Plätze in den mehr westlich gelegenen City-Distrikten vergeben worden. Königin Luise hatte als einzige aus dem Kreis dieser Damen politisch eine Rolle gespielt, hatte in Tilsit den berühmten Bittgang zu Napoleon getan, um Preußen als staatliches Gebilde und für ihren Mann die Krone zu retten. Vielleicht wurde dies mit der Namensgebung gewürdigt.

Als Haussmann und Gremm das eigenartige Haus in der zum See führenden kleinen Seitenstraße betraten, waren schon der Kriminaltechniker, ein Arzt und ein Fotograf bei der Arbeit.

Es herrschte die sachliche Geschäftigkeit zur vorläufigen Feststellung der Todesursache, zur Erfassung des Schauplatzes der „Handlung“ und zur Spurensicherung. Diese Arbeitsgänge, ausgeführt von hochqualifizierten Spezialisten, machten es Hauptmann Haussmann, wenn er nicht als erster am Ereignisort eintraf, stets etwas schwer, die Atmosphäre der Örtlichkeit auf sich einwirken zu lassen.

Er ging von Raum zu Raum. Vom kurzen Korridor führte links eine Tür in ein verhältnismäßig großes Zimmer, das fast unmöbliert war. Ein kleiner Bücherschrank und zwei mit farbigen Laken bespannte Schaumgummimatratzen, an den Wänden einige Poster, mehr fand sich nicht darin. Von hier aus gelangte man in ein etwa ebenso großes Gemach, das quer bis hinter den Korridor reichte. Überrascht blieb Haussmann an der Schwelle stehen. Hohe, auf dem Fußboden stehende Kerzen verbreiteten feierliches Licht. Die Fenster waren mit orange und hellgrün gefärbtem Musselin verhängt. Eine Kommode, auf der ebenfalls Kerzen brannten, war über und über mit verschiedenartigen Blumen bedeckt, in deren Mitte das Bild eines Jünglings in zitronengelbem Gewand mit kahlgeschorenem Schädel stand. Er glich der zweimal auf die Hausfassade gemalten Figur. Unverkennbar handelte es sich um eine Art Altar. Im Zentrum des Raumes, der mit vietnamesischen Matten ausgelegt war, trug ein niedriger Dreifuß eine kupferne Schale, in der verkohlte Holzreste und Asche lagen. In der Luft schwebte Blütenduft, dem ein unbestimmbares exotisches Aroma beigemischt war. Haussmann beschlich ein Gefühl, mit etwas Undurchschaubarem in Berührung zu kommen, etwas, das fernab seiner bisherigen Erfahrung lag.

Auf der anderen Seite des Korridors führte eine schmale Treppe ins Obergeschoß. Am Ende des Flurs befand sich eine winzige Toilette.

Haussmann öffnete die dazwischenliegende Tür zur Küche, in der sich ein Polizist und drei Zivilpersonen aufhielten. „Ich bin der Untersuchungsführer, Hauptmann Haussmann.“

Er nickte grüßend. Der Polizist nahm Haltung an: „Abschnittsbevollmächtigter Wachtmeister Schneidereit.“

„Ich rufe Sie gleich."
„Wer hat den Toten gefunden und davon Meldung gemacht?" wandte er sich im Korridor an einen zweiten Polizisten vom Friedrichshagener Revier.
„Wir erhielten um 21 Uhr 25 über die Notrufzentrale eine telefonische Information von der Frau des hiesigen Gastwirtes, Genosse Hauptmann. Danach hat sie noch den ABV gesucht, der zum Streifengang unterwegs war."
„Und wer sind die Zivilisten in der Küche?"
„Die Frau des Gastwirtes. Die beiden anderen kennt der ABV."
„Dann lösen Sie jetzt Genossen Schneidereit ab und schicken ihn zu mir."

„Waren Sie als erster hier im Haus nach der Information durch die Gastwirtsfrau?"
„Das ist richtig", antwortete der ABV, der in Haltung vor dem Kriminalisten stand. „Sie fand mich schnell, ich lief in der Nähe. Nach wenigen Minuten war ich am Ereignisort und habe ihn gesichert. Unmittelbar nach mir trafen der Arzt und die beiden Personen ein, die Sie in der Küche gesehen haben. Eine davon ist die Lebensgefährtin des Toten. Die Frau ist schwanger. Dann ist da noch ein junger Mann, ein Bekannter von ihr. Die andere Bürgerin ist die Gastwirtsfrau, die ich gleich mitgebracht habe wegen der Aussage. Da ich allein war, konnte ich sie nicht getrennt halten, wie es Vorschrift ist. Ich wollte sie auch nicht in die anderen Räume stecken, damit nicht Spuren verwischt werden. Sie warten auf ihre Befragung."
„Das haben Sie schon ganz richtig gemacht", Genosse Schneidereit. Die müssen sich allerdings alle noch gedulden. Zuerst muß ich mit dem Arzt sprechen. Gut, daß Sie ihn gleich gerufen haben."
„Den haben die Genossen vom Revier hinzugezogen."
„Ach so. Übrigens: Da wir die beiden Genossen vom Streifenwagen noch zur Verfügung haben, können Sie jetzt gehen."
Der Hauptmann stieg die Treppe zum Badezimmer hinauf.

„Was ist die Todesursache, Herr Doktor? Mein Name ist Haussmann. Ich leite die Untersuchung."
„Marborn. Vermutlich Erstickung durch aspiriertes, also in die Luftröhre gelangtes Wasser."
„Kann es sich um einen Unfall handeln? Der Mann ist vielleicht in der Wanne eingeschlafen, dabei nach unten gerutscht, mit dem Gesicht unter Wasser geraten, und hat, aufgeschreckt, Wasser in die Luftröhre bekommen und bei dem Ringen um Luft noch mehr davon eingesogen. Das geschieht doch gelegentlich."
„Richtig", bestätigte der Arzt, „durchaus richtig. Aber die Frau hat geistesgegenwärtig bemerkt, daß seine Knöchel blutige Kratzspuren aufweisen, schauen Sie hier." Er zeigte auf die noch nicht verschorften Wunden an den Beinen des Toten.
„Der vermutliche Zeitpunkt des Todes?"
„Vielleicht vor einer Stunde. Ich bin mit der Untersuchung fertig. Benötigen Sie die Leiche noch?" Er händigte dem Kriminalisten den Totenschein aus.
„Nein, ich glaube nicht." Haussmann warf einen prüfenden Blick auf den leblosen Körper, dessen Schädel ebenso kahlgeschoren war wie bei den Jünglingsfiguren an der Hausfassade. „Ein ziemlich kräftiger Mann. Es sieht nach einem Kampf aus, und das Opfer hat sich heftig gewehrt."
„Die Tiefe der Kratzer legt das nahe."
„Auf alle Fälle wird ja eine Autopsie vorgenommen. Den Transport ins gerichtsmedizinische Institut veranlassen wir. Schönen Dank, daß Sie sich zur Verfügung gestellt haben. Entschuldigen Sie, wie ist Ihr Name?" Der Hauptmann versuchte, die Unterschrift auf dem Formular zu entziffern.
„Marborn."
„Sie praktizieren hier in der Nähe?"
„Am Luisenhagener Krankenhaus. – Wenn Sie mich nicht mehr brauchen, möchte ich mich verabschieden." Der Arzt entfernte sich eilig.

Frau Berger musterte den Hauptmann ebenso unbefangen wie er sie. Eine schöne und selbstbewußte Frau, empfand er. Sie saßen sich auf den Schaumgummimatten des zum Schlafen und Wohnen gleichermaßen genutzten Zimmers im Erdgeschoß gegenüber. Stühle fanden sich in dieser Wohnung nicht. Frau Berger, deren Alter Haussmann auf Ende zwanzig schätzte, trug modisch-karottenförmig geschnittene Hosen. Die verkrampfte Sitzhaltung mit hochgestellten Knien war daher auch für sie unverfänglich.

Leutnant Gremm, den er bei Vernehmungen gern an seiner Seite hatte, inspizierte noch den Garten und den Schuppen.

„Es wird heute spät", sagte der Hauptmann entschuldigend, „es ist schon 22 Uhr 30. Wir können Ihnen das leider nicht ersparen."

„Ich verstehe." Frau Berger winkte ab. „Bei uns wird es sowieso immer spät."

„Ein komisches Drumherum hier", bemerkte Haussmann einleitend. „Reichlich unbequem. Sie kennen ja die Bewohner ein wenig. Was sind das für Leute? Erzählen Sie bitte."

„Zuerst muß ich Ihnen wohl von diesem ‚Drumherum' einiges schildern, sonst begreifen Sie überhaupt nichts. Sie haben ja sicher den Tempelraum nebenan schon besichtigt."

In diesem Augenblick trat Leutnant Gremm ein, sah sich suchend nach einer Sitzgelegenheit um, zuckte resignierend mit den Schultern, sagte völlig unzutreffend „schönchen" und hockte sich auf den Fußboden.

Vera Berger war die Frau des Wirtes der Luisenhagener „Kunstbudike", die in kurzer Zeit das Renommee einer Berliner Spezialität gewonnen hatte. Ihr Inhaber und seine attraktive Gattin hatten einige Experimente angestellt, um die vorher typische Eckkneipe in eine originelle Berliner Restauration umzuwandeln. Diese Versuche führten aber doch stets nur zu einer weiteren Bierstampe, wie es sie zu Dutzenden gibt. Da verfielen sie auf die Idee, alle freien Wandflächen jungen Malern zur Verfügung zu stellen, die hier ihre Bilder aufhängen und einen unkonventionellem Publikum zur kritischen Bewertung präsentieren konnten. Nach und nach erweiterte sich das künstlerische Angebot. Im Vorgarten standen kleine Plastiken. Abends, wenn in dem nicht zu großen Gastzimmer Stammbesucher aus der Nachbarschaft, Neugierige von weither, die man auf das Restaurant aufmerksam gemacht hatte, Angehörige von diplomatischen Missionen, für die das Lokal eine Art Geheimtip darstellte, alle Stühle besetzt hatten, so daß zufällige Passanten bestenfalls einen Stehplatz an der Theke fanden, spielten Musikstudenten Stücke bislang unbekannter Komponisten, oder die noch sehr jungen „Jazzbrothers" improvisierten hinreißend auf ihrem Weg zum *Fame.*

Durch Frau Berger hörten Haussmann und Gremm zum erstenmal etwas von der Existenz der Krishna-Lehre und ihrer kleinen Luisenhagener Kultgemeinde, von Srilas und Swamis, halben Heiligen, die unerkannt als anscheinend normale Bürger unter uns weilen, ihrer Arbeit nachgehen, doch in ihrer Freizeit versuchen, den steilen Pfad zur Erleuchtung und Erlösung emporzusteigen.

„Der Ursprung dieser aus dem Hinduismus hervorgegangenen religiösen Bewegung findet sich in der Bhagavad-gita, einem der Gesänge des indischen Heldenepos Mahabharata", erklärte Frau Berger wichtigtuerisch.

Haussmann fiel ein, daß bei ihm zu Hause im Bücherregal die Bhagavad-gita in einer Reclam-Ausgabe und eine reich illustrierte Kurzfassung des Mahabharata standen. Susann, seine Frau, hatte die Bändchen vor nicht langer Zeit von ihren regelmäßigen „Beutezügen" durch die Buchhandlungen mitgebracht. Leider hatte er beides noch nicht gelesen. Vielleicht würde er sonst schneller verstehen, in was für einem Milieu sich die Ereignisse abgespielt hatten.

„Sie gehören also auch zu diesem Kreis?" unterbrach Dieter Gremm die Gastwirtsfrau.

„Ich?" fragte Frau Berger erstaunt. „Wie kommen Sie darauf? Sehe ich so aus?"

„Ich dachte, weil Sie 'ne Menge davon zu wissen scheinen."

„Deshalb muß ich doch nicht dazugehören. Sie machen mir

Spaß. Ich hab' mich nur ein bißchen dafür interessiert, was Engelbert, den wir gut kannten, und das um ihn versammelte Völkchen so trieben."

Sie setzte ihre Erläuterungen fort. Haussmann hinderte sie nicht daran, da er meinte, sie könnten zum Verständnis des Vorgefallenen nützlich sein.

„Das Ganze kommt aus Indien, wird jetzt aber vor allem in den USA und zunehmend auch in Europa praktiziert. Es gab da vor 500 Jahren in Indien einen religiösen Führer, Sri Caitanya, der hat seinen Schülern die ursprünglichen Krishna-Texte ausgelegt. Darauf baut die Sekte auf. Er wird selber als eine Verkörperung, so 'ne Wiedergeburt Krishnas, wie sie das nennen, verehrt. Er ist aber eine wirkliche historische Persönlichkeit der indischen Geschichte, hat nachweislich echt gelebt. Er lehrte so was wie zivilen Ungehorsam gegen die damaligen muslimischen Unterdrücker, die Vorgänger der Mogulkaiser, so wie später der Mahatma Gandhi in seinem gewaltlosen Kampf gegen die Engländer."

„Sie wissen aber wirklich sehr gut Bescheid." Dieter Gremm wunderte sich.

„Engelbert hat mir ein paar Broschüren zur Information geliehen, ich hab' sie noch zu Hause."

„Hat das alles irgend etwas mit der Friedensbewegung zu tun?" fragte der Hauptmann.

„Dazu kann ich Ihnen nichts sagen. Bei den Ritualen bin ich nur ein einziges Mal aus Neugier dabeigewesen. Nein, ich glaube nicht. Engelbert, der Guru, lehnte, soviel mir bekannt ist, jedes politische Engagement ab."

„Gut, Frau Berger. Nun zu den Vorgängen des heutigen Abends. Wie und warum kamen Sie in die Wohnung?"

„Herr Radtke besuchte mich gegen 16 Uhr im Restaurant. Er sagte, er müsse mich sofort sprechen. Er wirkte sehr besorgt. Ich hatte zu diesem Zeitpunkt aber reichlich zu tun, das Lokal war überfüllt. Ich sagte deshalb, es ginge nicht vor Küchenschluß, er solle am nächsten Vormittag kommen, da würde ich mir Zeit für ihn nehmen ..."

„Worüber wollte er mit Ihnen reden?"

„Keine Ahnung, es kam ja nicht mehr dazu. Ich bin . . . nein, ich war, muß es jetzt ja heißen, wohl so etwas wie eine Vertrauensperson für ihn, jemand, bei dem er sich gewissermaßen ausweinen konnte, dem er sagen konnte, was ihn bedrückte."
„Nahm er das häufig in Anspruch?" fragte Haussmann. „Schließlich, so habe ich das bisher verstanden, fühlte er sich als Chef dieser Gruppe, spielte also doch wohl die Rolle einer Vaterfigur für die anderen."
„Ich weiß nicht, warum er mit seinen Problemen, sicherlich nicht mit allen, zu mir kam. So oft geschah das auch nicht. Er strahlte ja gewöhnlich eine ungemeine Sicherheit aus. Komisch, ich habe mir nie Gedanken darüber gemacht, warum er sich an mich um Rat oder sogar Trost wandte."
„Von Mohammed ist überliefert", sagte der Leutnant, „daß er oft schwache Momente hatte, in denen er Trost und Ermutigung bei seiner Mutter oder bei Aischa, seiner Lieblingsfrau, suchte . . ."
„Woher weißt *Du* das?" staunte Haussmann. „Allerdings werden wir Herrn Radtke kaum auf eine Stufe mit dem Schöpfer des Islam stellen dürfen."
„Und ich war nicht Herrn Radtkes Lieblingsfrau", protestierte Frau Berger. „Absurde Vorstellung."
„Okay", beendete Haussmann die Abschweifung, „Beispiele hinken immer. Erzählen Sie weiter."
Vera Berger schaute ihm freimütig ins Gesicht, und Sebastian Haussmann, der dem Blick nicht auswich, dachte, ich muß mal mit Susann in dieses Luisenhagener Restaurant essen gehen, die Chefin hat so schöne Augen.
„Also, wie ich schon sagte . . . übrigens würde ich gerne rauchen, stört es Sie?" Sie zündete sich bereits eine Zigarette an.
„Es stört mich zwar", wandte Haussmann ein, „aber es liegt nicht in meiner Befugnis, es Ihnen zu verbieten."
Sie lächelten sich an.
„Nur eine", sagte Frau Berger entschuldigend. Gremm hätte auch gern geraucht, hielt sich jedoch zurück.
„Ich hatte also keine Zeit für ihn und wiederholte das mehrmals. Doch er bestand darauf, die Sache sei wichtig . . . Mein

Mann kam vorbei und drängelte, ich möge endlich weiter bedienen und nicht trödeln. Engelbert sah mich die ganze Zeit mit so ungewohnt flehendem Blick an, daß ich sagte, er solle nach hinten in unser Wohnzimmer gehen und dort auf mich warten, aber es würde vielleicht ein bis zwei Stunden dauern. Doch um zu warten war er zu nervös. Er ging nach Hause und wollte sich mit Yoga-Übungen beruhigen, nachdem ich ihm versprochen hatte, sobald es sich einrichten ließ, zu ihm zu kommen. Mit Rücksicht auf seinen befremdlichen Zustand und um ihn erst einmal loszuwerden, schien dies die günstigste Lösung. Als dann ab neun der Betrieb vorübergehend nachließ, konnte ich mir eine kleine Pause gönnen. Bis zu dem Haus hier ist es ja praktisch nur ein Katzensprung."

„So, und nun bitte ganz genau: Was fanden Sie vor? Jede Einzelheit, an die Sie sich erinnern können, jede Kleinigkeit, es ist alles von Interesse und wichtig", ermahnte Haussmann belehrend.

„Zu Befehl, Herr Hauptmann", sagte die kesse Berlinerin mit ziemlich wenig Respekt, da ihre Selbstsicherheit nicht nur aus dem Wissen um ihr Wohlgeformtsein, sondern auch aus dem täglichen Umgang mit Gästen aller Art, und nicht zuletzt aus dem Umstand erwuchs, daß das Restaurant eigentlich ihr gehörte. Ihr Vater, ein privater Installateur, hatte es für sie erworben, ihr Mann hatte eingeheiratet. Sie zählten zu jener ökonomisch herausgehobenen und sich daher souverän gebenden Schicht, die sich in der zunehmenden Differenzierung unserer Gesellschaft durch VW Golf mit Windsurfer-Brett auf dem Dach bei ihresgleichen legitimiert.

„Ich sagte meinem Mann Bescheid. Er wußte schon seit Tagen, daß Herr Radtke mich sprechen wollte. Weshalb, darüber kann man jetzt nur noch spekulieren, er hat es auch meinem Mann nicht angedeutet. Ich lief also die paar Schritte über den Damm. Das Tor zum Vorgarten stand offen . . ."

„Ist das immer so?" fragte Gremm.

„Ja. Es ist eigentlich nie verschlossen. Aber auch die Haustür war nur angelehnt, so daß ich nicht zu klingeln brauchte."

„Ist das auch normal?" wollte Haussmann wissen.

„Ich glaube kaum. Ich weiß es aber nicht. Wir sind ja nicht gerade oft zu Herrn Radtke gegangen. Er kam gewöhnlich zu uns. Angela wird Ihnen hierzu Auskunft geben können. Sie muß das am besten wissen."

„Wer ist Angela?"

„Engelberts Lebensgefährtin."

„So, nun standen Sie an der Tür", stellte der Hauptmann fest. „Und weiter?"

„Da ist nicht mehr viel zu erzählen. Die Tür war also offen. Ich schaute unten in alle Räume, auch in die Küche, doch Engelbert war nirgends. Ich rief nach ihm, erhielt aber natürlich keine Antwort, da er ja nicht mehr lebte. Dann stieg ich hinauf. Auch in Angelas Schlafzimmer, dem einzigen Zimmer oben, fand ich nichts. Die Tür zum Badezimmer war einen Spalt weit geöffnet, und ich sah, daß dort Licht brannte. Und dann stieß ich auf die Bescherung."

„Waren Sie sehr erschrocken?"

„Ich war schockiert. Schließlich war er nackt und augenscheinlich tot."

„Was dachten Sie dabei?"

„Ich weiß nicht, ob ich wirklich etwas gedacht habe, also in dem Sinne, daß ich sogleich überlegt hätte, was wohl vorgefallen sei und was ich nun tun müßte."

„Aber Sie haben doch, wie uns der Arzt berichtete, die Kratzwunden an den Knöcheln entdeckt und sofort Ihre Schlußfolgerungen gezogen."

„Nein, so war das nicht. Vielleicht habe ich gedacht, ein Unglück ist geschehen. Ich glaube, ich habe erst einmal wirklich gar nichts gedacht. Mehr instinktiv habe ich den Stöpsel gezogen, damit das Wasser ablaufen konnte. Es war übrigens noch lauwarm. Zugleich habe ich versucht, Herrn Radtke so weit nach oben zu ziehen, daß der Kopf über die Wasseroberfläche gelangte. Aber das schaffte ich nicht. Es dauerte ziemlich lange, bis das Wasser 'raus war. Vielleicht ist das Rohr verstopft. Mit der Technik haperte es oft in diesem Hause. Die leben halt in einer anderen Welt. Ich wußte zu diesem Zeitpunkt jedenfalls noch nicht, ob Herr Radtke wirklich tot war oder vielleicht noch gerettet werden konnte. Ein Pulsschlag ließ sich nicht fühlen, aber ich war ja sehr aufgeregt und bin darin auch nicht geübt. Ich erhob mich also aus meiner gebeugten Haltung und beschloß – und nun konnte ich auch wieder richtig denken und logisch handeln – schnellstens Hilfe zu holen. Und da erst fielen mir die Kratzer auf, die blutig waren."

„Sie bluteten also noch?"

„Nein, nicht so, daß Blut herausquoll. Aber sie wirkten blutig. Und dann lief ich zum Restaurant zurück und informierte meinen Mann. Der konnte aber nicht fort, das Lokal war schon wieder überfüllt. Deshalb verständigte ich über den telefonischen Notruf die Polizei."

„Gut, Frau Berger. Haben Sie noch andere Beobachtungen gemacht, irgend etwas Ungewöhnliches bemerkt?"

„War das nicht ungewöhnlich genug? Sie scheinen nicht sehr zufrieden mit meinen Auskünften", reagierte Frau Berger unwillig.

„Doch, doch", beschwichtigte Haussmann. „Möchten Sie noch eine Zigarette?"

Gremm, der wußte, daß Haussmann als konsequenter Nichtraucher gar keine Zigaretten bei sich trug, holte eine Schachtel der landesweit bevorzugten „Cabinet" aus seiner Jackentasche.

„Danke, gern", sagte die schöne Frau. „Doch lieber meine Sorte."

Sie entnahm ihrer Handtasche erneut die Packung, der der delikate Duft der großen weiten Welt entströmte.

„Sie sicher auch, oder?" Sie sah Dieter Gremm verschmitzt an, und Gremm wußte kein Argument, womit Haussmann ihm in diesem Moment das Rauchen miesmachen konnte.

„Eine Beobachtung, eine Beobachtung ...", überlegte Vera Berger. „Was ist mir aufgefallen ... Ich sagte ja schon, oft war ich nicht in diesem Haus, dazu gab's gar keine Veranlassung ... eine Beobachtung ... Ja, richtig, vielleicht hat das was zu bedeuten: Vor der Badewanne lag ein zerknautschtes Taschentuch. In meiner anfänglichen Ratlosigkeit habe ich es

aufgehoben und irgendwohin getan. Ja, komischerweise dachte ich, hier herrscht aber eine Unordnung, da muß man zuerst Ordnung schaffen. Komisch, nicht wahr? Dann erst habe ich den Stöpsel gezogen."
„Wo haben Sie das Taschentuch hingelegt?" fragte Haussmann.
„Ja, wohin, wohin? Richtig, im Bad steht eine Waschmaschine. Ich habe sie geöffnet und das Tuch in die Trommel geworfen. Ganz unsinnig, nicht wahr? Ich muß wohl doch sehr aufgeregt gewesen sein."
„Gewiß", sagte Haussmann, „das ist natürlich. Nun, und so sinnlos war ja das Ordnungmachen nicht, schmutzige Wäsche gehört in die Waschmaschine. Nur in diesem Augenblick war es sinnlos."
„Im Bad steht eine Waschmaschine unter dem Fensterchen", bemerkte der Leutnant, „soll ich das Taschentuch sicherstellen?"
Haussmann nickte. Er erhob sich mit Schwung, indem er sich mit beiden Händen vom Boden abstieß, half auch Vera Berger hoch, und sagte: „Sie können jetzt nach Hause gehen. Ihre Aussage war nützlich. Vielleicht benötigen wir Ihre Hilfe noch einmal. Schönen Dank. Es war nett, Sie kennengelernt zu haben."
Diese Floskel war dienstlich nicht ganz korrekt, entsprach aber seinen Empfindungen.
„Besuchen Sie uns doch mal im Restaurant. Ich würde mich freuen."
„Einen Moment noch", hielt Haussmann sie zurück. „Hatte Herr Radtke Feinde?"
„Feinde? Nun, er hatte zumindest nicht nur Freunde. Einen richtiggehenden Feind? ... Das klingt so theatralisch ... Sie machte eine Pause, als überlegte sie, was sie sagen wollte, wie weit sie dabei gehen könnte.
„Er hat sich vor kurzem mit Dr. Marborn, dem Arzt, bei uns in der Gaststube geprügelt. Grün waren sich die beiden nie. Sie haben schon lange miteinander gestänkert. Aber ob man das Feindschaft nennen soll, ich weiß nicht."

„Geprügelt?“ Haussmann machte ein ungläubiges Gesicht. „Weswegen?“
„Tja, wie soll ich Ihnen das erklären? Ach, ich weiß es nicht, ich will nicht Tratsch verbreiten.“
„Wegen einer Frau?“ Was konnte sonst schon in Frage kommen.
„Ja, so etwa kann man es bezeichnen. Wegen einer Frau. Aber um Einzelheiten müssen Sie ihn schon selber bemühen.“
„Sagen Sie mir noch, haben *Sie* den Arzt informiert?“
„Dr. Marborn? Nein. Den habe ich nicht verständigt.“
„Nun, jedenfalls schönen Dank für Ihre Unterstützung.“

4. Lebensgefährtin eines Toten

Leutnant Gremm brachte das Taschentuch. „Verschrobene Typen“, konnte er sich nicht enthalten zu äußern, nachdem Frau Berger gegangen war. „Ich glaube, der schönen Dame ist es peinlich zuzugeben, daß sie doch eine Weile mitgemacht hat. Sie hat mitgemacht, da bin ich sicher, woher wüßte sie sonst soviel davon. Was meinst du?“
„Hm!“
„Vielleicht nur aus Neugier. Die Wohnung hier hat ja bei aller Bescheidenheit der Einrichtung einen reizvollen orientalischen Stil. In der Maschine war zum Glück keine Waschlauge. Der Lappen ist frisch benutzt, und zwar reichlich, als hätte jemand regelrecht Rotz und Wasser geheult.“
„Nicht schlecht“, meinte Haussmann. „Wir lassen im gerichtsmedizinischen Institut aus dem Schleim die Blutgruppenfaktoren bestimmen. Vielleicht brauchen wir das noch. Gib es morgen früh gleich ins Labor.“
„Hier sind Initialen eingestickt.“ Dieter Gremm betrachtete das Tuch von beiden Seiten. „Ein H und ein G, ineinander verschlungen. Vielleicht auch ein G und ein H. Aber wohl eher umgekehrt.“
„Die gehäkelte Borte läßt ein weibliches Wesen als Besitzerin vermuten“, stellte der Hauptmann mit nicht zu viel Interesse

fest. „Vielleicht stoßen wir bei den Ermittlungen auf eine H – G."
„Die hat dann also vor der Badewanne gestanden, erst dem Kuhu oder Kubu ..."
„Guru", korrigierte Haussmann, der nicht merkte, daß ihn sein Mitarbeiter frozzelte.
„Richtig. Die hat also dem Guru den Rücken geschrubbt. Dann hat er ihr was Gemeines eröffnet, so daß sie ihr Taschentuch vollgeflennt hat, bis sie plötzlich die Wut überkam, ihn an den Beinen packte und unter Wasser zog ... so etwa."
„Deine Phantasie in Ehren", sagte Haussmann, „aber eine Hypothese ist es tatsächlich."
„Gut. Suchen wir die H Punkt G Punkt."
„Jetzt sprechen wir erst einmal mit der Lebensgefährtin. Es geht übrigens auf elf zu. Wir müssen sehen, daß es für sie und den jungen Mann nicht zu spät wird. Nein, wir machen es anders. Ich vernehme die Frau in der Küche. In diesem verrückten Haus scheint der Schemel dort das einzige Möbel zu sein, auf dem die Schwangere sitzen kann. Parallel dazu führst du schon die Befragung des Mannes durch, damit wir Zeit gewinnen."
Sie gingen in die Küche.
Im selben Augenblick trat einer der Schutzpolizisten ein, die im Wagen auf der Straße gewartet hatten.
„Genosse Hauptmann, wir wurden soeben über Funk angefordert, benötigen Sie uns noch?"
„Nein, Sie können jetzt alle gehen. Wir kommen allein zurecht. Übrigens: Wurde der Arzt von Ihnen oder vom Revier aus gerufen?"
„Als wir eintrafen, waren der ABV und der Arzt schon da."
Die Revierpolizisten verließen das Haus, und Leutnant Gremm ging mit dem festgehaltenen Besucher, dessen Haupthaar wie bei dem Toten bis auf die Kopfhaut herunterrasiert war, in das Zimmer mit den Schlafmatten. Haussmann blickte ihnen nach und bemerkte, daß der Mann hinkte und daß seinen Hinterkopf eine einzelne dünne Haarlocke zierte.

Die junge Frau saß mit verweintem Gesicht am Küchentisch. Der Hauptmann lehnte in unbequemer Haltung an der Anrichte. „Sie sind Frau Angela Kössel", begann Haussmann behutsam. Ihm lagen inzwischen die Personalien vor.
Die junge Frau nickte.
„Sie sind also mit Herrn Radtke nicht verheiratet."
Angela Kössel schüttelte bestätigend den Kopf. Er pflegte junge Frauen, die die Zwanzig überschritten und schon Kinder hatten oder ein Kind erwarteten, nicht mehr als „Fräulein" anzureden. Es kam ihm unpassend vor.
„Sie wohnen hier?"
Frau Kössel nickte erneut.
„Wann erwarten Sie denn Ihr Baby?"
„In zwei Monaten." Die Antwort ging in ein Schluchzen über.
„Ich verstehe", sagte Haussmann, „daß Sie noch unter einem Schock stehen, daß Ihnen das Vorgefallene noch unvorstellbar ist. Trotzdem benötige ich sofort einige Auskünfte. Auch Sie wollen doch sicher, daß wir schnellstens herausfinden, was sich ereignet hat."
Wieder nickte die junge Frau. „Sie können mich ruhig fragen. Alles. Es mußte ja so kommen."
„Was mußte so kommen?"
„Ich wußte, daß es ein schlimmes Ende nehmen würde. Und zuerst habe ich mich so gefreut."
„Gefreut? Worüber?"
„Über das Kind. Alles würde dann wieder besser werden, glaubte ich. Er würde mich endlich heiraten. Er sagte immer, ich sei seine Frau. Aber von Hochzeit wollte er nichts hören. Ständig hatte er es auch mit anderen, mit solchen, die hier mitmachten, mit vielen von ihnen. Auch jetzt noch, so kurz vor der Geburt unseres Kindes."
„Ist das üblich in dieser religiösen Gruppe, eine Art – entschuldigen Sie den Ausdruck – Vielweiberei wie in einigen anderen Religionen oder Kulturen. Gehört das zu Ihrem Glauben?"
„Mein Glauben war das eigentlich nie. Ich hab' mitgemacht,

schon, ich war stets dabei. Nur geglaubt habe ich das alles nicht, und vieles auch nicht verstanden. Ich hab mich doch nur wegen Engelbert dafür interessiert, damit er mich liebhat, damit er mich bei sich behielt. Ich liebte ihn doch so sehr ..." Dem Hauptmann entging nicht die Verzweiflung, die aus dieser schlichten Feststellung sprach.

„Sie können sich ja nicht vorstellen, wie schön und feierlich eine große Meditation ist, wenn die Kerzen brennen und aus der Räucherschale ein betäubender Duft von Kräutern aufsteigt. Wenn wir um die Räucherschale im Halbkreis saßen, die Neuen, die eingeführt werden sollten, erwartungsvoll und ein bißchen aufgeregt, und sich dann die Tür öffnete und Engelbert eintrat, in ein orangefarbenes Tuch gehüllt, diese große majestätische Gestalt mit dem ernsten Gesichtsausdruck, mit dem über uns hinweg in die Ferne gerichteten Blick ... ich weiß nicht, wie ich Ihnen das beschreiben soll ... Da gab es keinen, der nicht mächtig beeindruckt war, das können Sie mir glauben. Cori folgte Engelbert immer mit den Büchern, den heiligen Texten, er in einem grünen Gewand, das ich ihm genäht habe. Und dann ließ sich Engelbert mit einer segnenden Gebärde nieder. Mit der ganzen Mächtigkeit seines Körpers thronte er über uns. Ach, dann blieb mir regelrecht das Herz stehen ... so einen schönen Mann gibt es nicht noch einmal ... und dann begann Cori aus den Büchern einen Ausspruch von Krishna vorzulesen oder eine der Legenden ... und dann chanteten wir ..."

„Wer ist Cori, und was heißt chanten?"

„Cori? Der ist doch gerade mit Ihrem Kollegen rübergegangen. Chanten? Chanten heißt gemeinsam das ‚Hare, Hare, Krishna' rufen, den, wie Engelbert es nannte, heiligen Namen des Herrn anrufen. Dann war auch ich ergriffen, dann erfaßte mich eine unaussprechliche Begeisterung. Ich war völlig hingerissen, schrie wie die anderen berauscht: Hare Krishna, Hare Rama, Rama, Rama ... und begann, in mich hineinzuhorchen ... Aber ich hab da, ehrlich gesagt, immer nichts gehört. Gar nichts. Ich weiß nicht, warum. Alle behaupteten, daß sie dann Stufen emporstiegen, daß sie sich versenken konnten und dabei eine Erleuchtung erlebten. Solche Empfindungen hab ich nie verspürt. Aber das Chanten, das hab ich schön gefunden. Wie Chorsingen. Und wenn dann alle wieder ruhiger wurden, begann Engelbert so etwas wie eine Predigt. Zu den Worten Krishnas, die Cori vorgelesen hatte, trug Engelbert mit seiner tiefen Stimme eine Erläuterung Sri Caitanyas vor oder gab uns seine eigene Deutung ... wie bei der Geschichte mit den Gopi-Mädchen ..."

„Was sind Gopi-Mädchen?"

„Gopi-Mädchen sind Hütemädchen, Kuhhirtenmädchen. Als Krishna mit seinen Anhängern durch das Dorf Vraja zog, er war damals noch jung und ein Prinz, verliebten sich diese Mädchen alle in ihn. Sie tanzten gerade den Rasa-Tanz."

„Und was ist ein Rasa-Tanz?"

„Keine Ahnung." Sie hob die Schultern. „Ich weiß es nicht, halt so ein indischer Tanz. Krishna tanzte mit allen Mädchen. Aber nicht nacheinander, wie Sie vielleicht denken, sondern mit jeder einzelnen gleichzeitig. Das ist es nämlich."

„Wie konnte er das?"

„Das konnte er eben. Er konnte sich vervielfältigen, das ist so eine Stufe der Göttlichkeit. Dabei hatte er dann gar keinen anfaßbaren Körper, keine erregbaren Sinne und so. Doch das verschwieg Engelbert. Weil er aus dieser und anderen Geschichten herleitete, daß der Guru ein Recht habe, es mit allen ... das ist es ja ..."

Sie schluchzte auf. „Dabei waren die Meditationen so schön, denn dann chanteten wir wieder, manchmal bis zur Erschöpfung. Jeder hatte nur noch mit sich zu tun. Die meisten hielten die Augen geschlossen. Und ich konnte meinen ganzen Kummer vergessen. Und wenn ich blinzelte, um Engelbert anzusehen und er so entrückt und verehrungswürdig wirkte, überlief es mich vor Zärtlichkeit. Dabei wollte er meine Zärtlichkeit gar nicht mehr."

„Die anderen Mädchen und Frauen haben Sie hingenommen?"

Ziemlich gefaßt ging Angela Kössel darauf ein.

„Ich mußte ja. Mir blieb nichts anderes übrig, wenn ich bei

ihm bleiben wollte. Geht es nicht vielen Frauen so mit ihren Männern, diesen Mistkerlen?"
„Hm", äußerte der Hauptmann, „durchaus möglich. Sie waren also nicht besonders eifersüchtig?"
„Doch. Sag ich doch. Ich konnte es überhaupt nicht fassen. Ich redete mir manchmal ein, daß es mit mir und Engelbert einfach nichts zu tun hat. Daß das alles nicht existiert."
„Und in letzter Zeit, seit Sie wußten, Sie erwarten ein Kind?"
„Da wurde ich fast verrückt. Ich wußte nicht, wie es weitergehen sollte. Mir fehlte die Kraft, mich von ihm zu trennen."
„Wie hat Herr Radtke darauf reagiert?"
„Gar nicht. Ich habe mich sehr beherrscht. Ich wollte nicht zeigen, wie gedemütigt ich mich fühlte. Ich fraß alles in mich hinein. Vielleicht hat er es nicht einmal bemerkt." Bitterkeit und ohnmächtige Wut lagen in ihrer Stimme.
„Hatte er auch mit Frau Berger ein Verhältnis?"
„Vielleicht, er ging ja oft dorthin. Ich weiß nicht, ich kann es nicht sagen."
„Bestritt Herr Radtke eigentlich, der Vater des Kindes zu sein?"
„Nein. Er hat das Kind von Anfang an akzeptiert. Es ist nicht sein erstes uneheliches Kind. Es hätte ihn sowieso nicht belastet, ich hätte mich ja darum gekümmert. *Mich* hat er nicht anerkannt! Das war die Gemeinheit! Heute heiraten ja viele Paare nicht, auch wenn sie ein Kind haben. Das Heiraten war nicht das Entscheidende. Darauf hätte ich sogar verzichten können. Sein Leben wollte er nicht ändern, das war es. Die Freizügigkeit in den Beziehungen zu anderen Frauen! Übrigens glaube ich, daß er auf diese Geschichten mit den Gopis und so gar nicht angewiesen war. Viele der Mädchen und Frauen, die er kennenlernte, hier und auch sonst, wollten von sich aus, da mußte er gar nicht lange warten und sich bemühen. Er gefiel ja nicht nur mir. Manchmal frage ich mich sogar, warum er mich bei sich behielt, an mir ist doch eigentlich nichts, nichts Besonderes jedenfalls. Vielleicht, weil er bei mir seine Versorgung hatte. – Aber anfangs, da bin ich sicher, hat

er mich auch richtig geliebt. – Und bei manchen Mädchen kam er auch nicht zum Ziel, selbst wenn sie von ihm beeindruckt waren. Da war ich richtig glücklich, wenn ich merkte, wie er um sie warb und doch keinen Erfolg hatte, trotz Guru und all dem ... Eigentlich war er nicht gefühllos. Vielleicht brauchte er diese religiöse Bemäntelung, das mit den Gopi-Mädchen und so, weil er im Grunde ein schlechtes Gewissen hatte, mir gegenüber. Aber es hinderte ihn ja nicht, bis zuletzt, gerade in letzter Zeit ..." Sie brach ab, weil in diesem Augenblick der Leutnant in die Küche trat.

„Herrn Riemer habe ich entlassen. Brauchst du mich?"

„Ja, bleib hier. Das ist Leutnant Gremm", stellte er vor.

„Kössel", reagierte die junge Frau förmlich.

„Sie haben nichts dagegen, daß ich meinen Mitarbeiter hinzuziehe?" wandte er sich mit gespielter Bitte an die Zeugin. Er liebte Verbindlichkeit, wenn nichts dagegen sprach.

„Natürlich nicht."

„Er wollte sich also nicht fest an Sie binden. Wie sollte es seiner Meinung nach weitergehen, wenn erst das Kind da war?"

„Ich weiß es nicht. Vielleicht dachte er gar nicht darüber nach. Wahrscheinlich meinte er, es würde alles so wie bisher weiterlaufen. Der Haushalt, die vielen Gäste – ich machte ja alles allein. Mit dem Kind würde es nicht anders werden. Für ihn hätte sich nichts geändert. Er lebte nicht mit mir, sondern nur noch neben mir! Nur für mich hatte sich inzwischen alles verändert ... Übrigens, ich müßte mal ..."

„In Ordnung, selbstverständlich", sagte der Hauptmann.

Als die junge Frau die Küche verlassen hatte, fragte er: „Wer ist der Mann, was wollte er hier?"

„Ein ziemlich arroganter Bursche", begann der Leutnant seinen Bericht ...

5. *Ein Friedhofsgärtner*

In dem Zimmer mit den Matten angelangt, hatte Gremm unvermittelt begonnen: „Ihren Personalausweis bitte."
„Tut mir leid . . ."
„Sie haben ihn nicht bei sich?"
„Nein."
Gremm unterdrückte die notwendige Belehrung.
„Ihren Namen, Alter, Adresse, Beruf."
„Bin ich Angeklagter? In *dem* Ton bitte nicht. Ich heiße Conrad Riemer, Conrad mit ‚C'. Ich werde Cori genannt. Ich bin ein Swami."
„Ein Swami? Ah ja, schönchen. Trotzdem: Ihr Alter?"
„Sechsundzwanzig."
„Adresse?" Dieter Gremm hielt die Angaben in seinem Notizbuch fest.
„Friedhof."
„Soll das ein Witz sein?"
„Wieso? Ich wohne in einer Bude auf dem Friedhof. Hier in Luisenhagen. Ist das verboten?"
Gremm sah den Mann prüfend an. Wollte der provozieren? Er hatte ungewöhnlich große Augen und einen eigentümlich unsteten Blick.
„Ich wohne auf dem Friedhof in Luisenhagen", wiederholte Riemer. „Hier, ich hab doch den Ausweis dabei, merk ich grad." Er zog das Personaldokument aus der Gesäßtasche. Gremm prüfte die Angaben und notierte die Personenkennzahl.
„Ihre Tätigkeit? Arbeitsstelle?"
„Steht doch drin."
„Nein", sagte der Leutnant betont. „Es ist ein neuer Ausweis, vor einem Jahr ausgestellt. Da ist der Beruf nicht mehr eingetragen. Das haben Sie offensichtlich noch nicht bemerkt."
„Mußte ich das? Ich kontrollier doch nicht dauernd meinen Ausweis, sondern die – na, Sie mögen die Bezeichnung nicht so gern, hab ich mir sagen lassen – also ich meine die Uniformierten."

„Also als was sind Sie tätig und wo?"
„Ich bin Hilfsgärtner auf dem Friedhof."
„Ein junger Mann wie Sie? Gibt es keine wichtigere Beschäftigung für Sie, nichts Interessanteres?"
„Sie sehen doch, mein Bein, es ist kaputt. Und wieso Interessanteres? Was ist interessanter als eine Arbeit, bei der man den Kopf frei behält, um über den Weg zur Erleuchtung nachzudenken."
„Sie gehören also zu diesem, wie soll ich sagen, religiösen Kreis. Sind Sie auch ein Guru?"
„Ein Guru? – Nein. Hab ich eben nicht deutlich gesagt, daß ich ein Swami bin?"
Conrad Riemers Blicke huschten unentwegt hin und her. Gremm empfand den Widerspruch zu der überheblichen Art, in der der junge Mann seine Fragen beantwortete. Was war mit ihm los? Gremm wies auf das geschädigte Bein.
„Wo haben Sie sich das geholt?"
„Spielt das eine Rolle?"
„Nein", räumte der Leutnant ein.
„Bei der Fahne, jedenfalls so ungefähr, mehr indirekt, wenn Sie es unbedingt wissen wollen."
Gremm wollte es nicht unbedingt wissen, aber da er es nun wußte, fragte er weiter: „Ein Unfall?"
„Ja, so kann man es nennen. Ein Unfall."
Gremm spürte, daß dahinter eine Geschichte steckte, vielleicht die Erklärung für die abwegige Tätigkeit des jungen Mannes und für seine Zugehörigkeit zu der Krishna-Gruppe. Aber er durfte sich nicht ablenken lassen.
„Weshalb sind Sie heute hierher gekommen? Zu so später Stunde."
„Späte Stunde? Kurz nach halb zehn ist doch wohl nicht spät."
„Also was wollten Sie hier?"
„Wieso? Ist es untersagt, hierherzukommen?"
„Herr Riemer, wir diskutieren nicht miteinander. Ich stelle Fragen, die Sie bitte beantworten. Also, was wollten Sie hier?"

„Einen Besuch machen."
„Genauer. Wen wollten Sie besuchen?"
„Wen . . .? Die Angela. Darf ich doch wohl?"
„Und was war der Grund für Ihren Besuch?"
„Nichts Besonderes. Heute war nichts angesetzt. Ich wollte bei ihr Abendbrot essen."
„Abendbrot", sagte Dieter Gremm. Abendbrot essen bei Bekannten war als Grund anzuerkennen. Daß man dabei in eine Situation mit einem Todesfall platzt, konnte geschehen.
„Als ein Swami dürften Sie Herrn Radtke, Ihren Guru, sehr gut gekannt haben. Erzählen Sie mir etwas über ihn." Dieter Gremm begann, das Vokabular der Titulaturen zu beherrschen.
„Was soll ich erzählen? Sie wollten Fragen stellen!"
„Könnte es sein, daß ihn jemand umbringen wollte?"
„Ach, ist er umgebracht worden? Ich dachte, ein Unglücksfall, ein Unfall, meine ich . . ."
„Hätte denn jemand einen Grund gehabt, ihn umzubringen?"
„Mancher."
„Was heißt das? Sie auch?"
„Was wollen Sie jetzt hören? Brauchen Sie einen Täter für den ganz schnellen Erfolg?"
„Sie sehen zuviel Kriminalfilme."
„Ich war Engelberts Freund. Sein bester, wurde behauptet."
„Behauptet? Von wem?"
„Von den anderen. Fragen Sie die."
„Werde ich. Wie schätzen Sie es selbst ein?"
„Ich weiß nicht. Kann man das denn, eine Freundschaft selbst einschätzen? Kann man sich da nicht sehr täuschen?"
„Könnte jemand aus Ihrer Gruppe Herrn Radtke gehaßt haben, sein Feind gewesen sein?"
„Das ist unwahrscheinlich. Wir sind alle friedfertig, die reinsten Lämmer."
Der Leutnant reagierte nur mit einem Zucken der Mundwinkel.

„Existiert bei Ihnen so etwas wie ein Mitgliederverzeichnis? Eine Beitragsliste?"
„Beiträge? Bei uns nicht. Wir sind keine Kirche. Wer zu Krishna will, kommt zu uns. Wer wieder geht, den vermissen wir nicht. Von vielen kenne ich nur den Vornamen, von manchen nicht mal so viel. Kann ich jetzt gehen? Ich bin Werktätiger und muß früh raus."
„Noch nicht. Haben Sie ein Alibi für die Zeit von 19 Uhr bis zum Eintreffen hier?"
„Na sicher."
„Dann schießen Sie los." Gremm schaute auf seine Uhr. Es war wirklich schon spät.
„Etwa um 19 Uhr verließ ich das Krankenhaus."
„Sie waren im Krankenhaus? Was haben Sie dort gemacht?"
„Einen Krankenbesuch."
„Und danach?"
„Zum Friedhof ist es mit meinem Bein eine Viertelstunde. Ich hab was in meiner Bude gegessen."
„Kann das jemand bezeugen?" fragte der Leutnant mechanisch. Auch er wurde müde.
„Der Obergärtner. Er wohnt in den Zimmern über der Verwaltung. Er sah mich kommen."
„Gut. Weiter."
„Dann war ich im Kino, in Friedrichshagen."
„Welcher Film wurde gespielt?" Gremm ließ die erprobte Routine ablaufen.
„The line".
Conrad Riemer sprach den Titel korrekt englisch aus, der Leutnant registrierte es.
„Die Vorstellung beginnt um drei Viertel acht. Ich war allerdings erst gegen acht am Kino. Die Frau an der Kasse kennt mich. Fragen Sie nach."
„Sicher", sagte Gremm. „21 Uhr vierzig waren Sie hier. Der Film läuft zwei Stunden. Ich kenne ihn auch. Warum sind Sie eher fortgegangen?"
„Ist doch wohl meine Sache, von wann bis wann ich ins Kino

gehe. Ich hab ihn schon mal gesehen. War nicht mehr spannend zum zweiten Mal. Und ich bekam Hunger."
„Sie scheinen einen ganz schönen Appetit zu haben. Sie hatten doch gerade erst bei sich zu Hause gegessen."
„Mein Zuhause!" Conrad Riemer lachte bitter. „Ja, ich hab ganz schönen Appetit, die Arbeit an der frischen Luft . . . und das Alleinsein. Als ich den Zuschauersaal verließ, saß die Platzanweiserin im Vorraum. Sie kann es bezeugen. Genügt das für ein Alibi?"
Gremm fiel auf, daß es dem jungen Mann gelang, die sonst ständig abirrenden Augen für mehrere Sekunden starr auf sein Gesicht gerichtet zu halten.
„Ja, das genügt."
„Sie können es überprüfen."
„Danke für den Hinweis. Sie dürfen gehen." Er ließ das naheliegende „nach Hause" weg.

6. *Ein Taschentuch*

„Okay", quittierte der Hauptmann Gremms Bericht. „Mach morgen aus deinen Notizen ein Protokoll. Ich kann die Befragung von Frau Kössel nicht mehr lange weiterführen, sie muß völlig erschöpft sein. Nachdem sie anfangs sehr erregt war, scheint sie jetzt fast nichts mehr zu berühren. Möglich, daß der Schock und die Müdigkeit sie abgestumpft haben."
Die junge Frau trat wieder ein.
„Ah, da sind Sie ja", Haussmann rückte den Schemel zurecht. „Geht es noch ein paar Minuten? Wir fassen uns kurz, Sie müssen schlafen."
„Es geht schon noch. Vielleicht ist es so besser, als diese Nacht allein im Haus zu sein. Cori ist leider schon fort. Er hat früher oft bei uns übernachtet."
„Schade, das wußte ich nicht, sonst hätte ich ihn nicht weggeschickt", bedauerte der Leutnant.
„Na, tut nichts. Vielleicht ist es auch besser so."

„Besitzt Herr Riemer einen eigenen Hausschlüssel?" wollte Haussmann wissen.
„Nein."
„Lassen Sie uns noch einmal auf die Beziehungen zwischen Ihnen und Herrn Radtke kommen. War die Schwangerschaft von Ihnen beiden gewollt?"
Angela Kössel zögerte einen Moment, ehe sie auf Haussmanns Frage einging. „Ich ließ einfach die Pille weg. Er wußte nichts davon. Ich wünschte mir das Kind, weil ich hoffte, es würden damit klare Verhältnisse geschaffen. Ein Irrtum."
„Wovon lebten Sie? Wirtschafteten Sie gemeinsam?"
„Wir führten einen gemeinsamen Haushalt. – Mein Gott, ich spreche wie Sie dauernd in der Vergangenheit, dabei ist es erst wenige Stunden her. – Ich fühle mich wie ausgehöhlt."
„Dann machen wir jetzt Schluß. Es wird zuviel für Sie."
„Nein, warten Sie! Es tut mir gut, zu sprechen. Ich bin Buchhalterin in einer Köpenicker Autoreparaturwerkstatt und verdiene ganz ordentlich. Engelbert trug mit gelegentlichen, manchmal durchaus größeren Summen zu unserem Budget bei. Früher, ehe er die Krishna-Leute kennenlernte, war er Schichtingenieur in einem Großbetrieb. Wir kannten uns damals schon. Es gab in dem Werk riesengroßen Ärger, für den man ihm die Schuld zuschieben wollte, irgend etwas mit der Planerfüllung. Er ließ sich das nicht bieten und ging. Als er diese Tätigkeit aufgab, um, wie er es nannte, sich endlich selbst zu verwirklichen, wurde er freiberuflicher Lektor. Seither half er bei Verlagen aus, zum Beispiel, wenn Lektorinnen ihr Baby-Jahr nahmen. Engelbert besaß eine umfassende Bildung, ich konnte da gar nicht mithalten. Die Autoren arbeiteten gern mit ihm zusammen. Aber auch hier wollte er sich nicht binden, lehnte eine feste Anstellung ab."
„War in den Verlagen sein ...", Haussmann suchte nach einem treffenden Ausdruck, „sein zweites Leben als Guru bekannt?"
„Ich weiß nicht. Vielleicht nicht überall. Es kümmerte wohl niemand."
„Auch nicht sein Äußeres, der kahle Schädel?"

„Nein. Nicht einmal der dünne Zopf am Hinterkopf. Dort, wo er damit nicht auffallen wollte, trug er selbst im Hochsommer eine von mir gestrickte Wollmütze, was schon eher Verwunderung hervorrief. Aber wer stößt sich heute noch an so etwas. Die Punkfrisuren sehen ja noch viel verrückter aus."
Sie ließ eine kleine Pause eintreten und schien in sich hineinzuhorchen. Völlig überraschend brach sie in hemmungsloses Weinen aus.
„Dieser gemeine Kerl . . . Uns das anzutun! Ich habe ihn so geliebt. Und was habe ich jetzt? Was wird jetzt?"
Die beiden Kriminalisten schwiegen.
Sie beruhigte sich. „Entschuldigen Sie. Das Kleine hat sich bewegt, da überkam mich wieder das ganze Elend. Er war schon so lange überhaupt nicht mehr lieb zu mir."
Sie erhob sich und zog neben Haussmann einen Schub der Anrichte heraus, entnahm ihm ein Päckchen Zellstofftaschentücher, entfaltete eines und trocknete sich damit die Augen.
„Ich glaube, wir können das nicht mehr verantworten, wir brechen jetzt ab", sagte der Hauptmann.
„Nein, bitte bleiben Sie noch." Sie schnaubte kräftig in das Tuch.
„Wenn Sie sich noch wachhalten können. – Wo waren Sie in der Zeit, als Herr Radtke im Bad starb? Sie waren doch, soviel ich hörte, außer Haus", setzte er behutsam hinzu.
„Ich weiß ja gar nicht, um wieviel Uhr er gestorben ist."
„Das wird morgen die gerichtsmedizinische Untersuchung erst genau ergeben. Übrigens, haben *Sie* den Arzt verständigt?"
„Ich? Nein."
„Berichten Sie dann bitte, wo Sie sich ab, na sagen wir, ab 19 Uhr aufgehalten haben."
„19 Uhr? Um 19 Uhr war ich noch im Krankenhaus."
Gremm reagierte auf das Stichwort.
„Warum waren Sie im Krankenhaus?"
Die Frau antwortete nicht sogleich, dann sagte sie: „Wegen des Kindes."
„Waren Sie allein dort?" fragte Gremm weiter.

„Natürlich. Engelbert ging nie zur Schwangerenberatung mit."
„Schwangerenberatung um 19 Uhr?"
„Man muß dort immer warten. Vielleicht war ich auch schon ein paar Minuten eher fertig, ich hab doch nicht auf die Uhr geschaut. Bestimmt war ich etwas eher dran, denn ich hab ja noch Brot eingekauft."
„Herrn Riemer haben Sie nicht zufällig im Krankenhaus getroffen?"
„Nein."
„Und danach? Wohin gingen Sie vom Krankenhaus?"
„Zum Bäcker, hab ich doch grad gesagt. Gleich um die Ecke."
„Und anschließend?"
„Hierher. Da war schon die Polizei im Haus."
„Dazwischen fehlen mehr als zwei Stunden, Frau Kössel", hielt Haussmann ihr vor.
„Ja? Ich kann mich nicht mehr erinnern. Fragen Sie mich morgen, ich schlafe schon halb." Sie tupfte noch einmal mit dem schon benutzten Papiertaschentuch letzte Tränen weg.
„Diese verdammten Dinger, sie fusseln einem das ganze Gesicht voll", murmelte sie und warf das zerknüllte Papiertuch ärgerlich auf den Fußboden. Sie griff in die Tasche ihres Hängerkleides und holte ein textiles Damentaschentuch mit einer Borte hervor, wie die an dem sichergestellten Exemplar. Gremm zog es ihr aus der Hand. Es war völlig durchfeuchtet.
„Monogramm H und G ineinander verschlungen. Benutzen Sie immer diese Taschentücher?" fragte er.
„Warum nicht? Ich und alle anderen in diesen Haus."
„Wer ist H – G?" fragte der Hauptmann.
„Ich weiß es nicht. Hier haben schon so viele Frauen geschlafen. Alle lassen ihre Taschentücher rumliegen, und ich muß sie dann waschen."
„Also eine H – G kennen Sie nicht?"
Frau Kössel schloß für einen Moment die Augen und atmete tief durch.
„Sagte ich doch", antwortete sie matt. „Ich bin plötzlich so

müde, vielleicht kommt es von der Tablette, die ich vorhin genommen habe. Lassen Sie mich schlafen gehen, bitte! Sie brauchen die Haustür nur hinter sich zuzuziehen."
Angela Kössel erhob sich mühsam vom Küchenhocker.
„Beantworten Sie uns noch eine letzte Frage", die Vernehmungsroutine siegte bei Haussmann über das Taktgefühl und die gebotene Rücksichtnahme. „Wer, glauben Sie, könnte Herrn Radtke getötet haben? Wer hatte daran ein Interesse?"
„Niemand", flüsterte sie völlig erschöpft. „Niemand. Gott Vishnu vielleicht . . ." Schwerfällig stieg sie die Treppe hinauf.

7. Arzt im Nachtdienst

„Warum war der Arzt im Haus, obwohl ihn offensichtlich niemand gerufen hat", fragte Haussmann, als sie ins Auto stiegen, „ich muß es jetzt noch wissen."
„Hat das nicht bis morgen früh Zeit?"
„Nein."
„Hast du seine Adresse?"
„Die erfahren wir im Krankenhaus."

„Herr Oberarzt hat heute seit 22 Uhr Nachtdienst", beantwortete eine gähnende Schwester am Aufnahmeschalter die Frage nach Dr. Marborns Wohnung. „Gehen Sie hinein und warten Sie dort, ich verständige ihn."
Das Luisenhagener Städtische Krankenhaus liegt direkt am See. Trotz An- und Umbauten erkennt man noch das ehemalige stattliche Ausflugslokal, das im Krieg zum Lazarett umfunktioniert wurde und seither, unter Einbeziehung benachbarter Villen, als Klinikensemble mit Interner, Chirurgischer und Gynäkologischer Abteilung weitergenutzt wird.
Sie stiegen ein paar Stufen hinunter in eine geräumige Halle. Selbst in der matten Nachtbeleuchtung zeigten Fußboden und Wände dekorative Mosaike. Durch die gegenüberliegende verglaste Wand glänzte im Mondschein zwischen Silhouetten al-

ter Bäume die Wasserfläche. In einer Nische, von ihnen abgewandt, telefonierte eine junge Schwester.
„Klar, auf den bist nicht nur du scharf. Mein Typ ist er zwar nicht, dein Dr. Marborn, aber wenn er dir gefällt . . . Obwohl, Chancen hast du nicht. Er steht noch immer unter Schock seit dem Malheur mit seiner Angetrauten . . ."
Sie drehte sich zur Seite und bemerkte die Kriminalisten.
„O Gott, ich muß Schluß machen. Hier kann ja jeder mithören. Bring' ihm doch einen Kaffee auf sein Zimmer. Die sind im OP gleich fertig. Tschüß."
Sie hängte ein, ging, kokett die Augen aufschlagend, nahe an Haussmann vorbei und verschwand mit verführerischem Hüftschwung in einem Seitengang.
Wenig später wurde eine zweiflügelige Pendeltür aufgestoßen. Man schob den soeben Operierten, ein Pfleger mit hochgehaltenem Tropf nebenhereilend, zum Aufzug. Das volle Licht flammte auf. Geschäftigkeit und Stimmengewirr brachen in die Halle ein, als Schwestern und Ärzte den Raum durchquerten. Schließlich erschien auch Dr. Marborn. Er zeigte sich nicht sonderlich überrascht.
„Kriminalisten und Mediziner – die Nachteinsätze machen uns fast zu Kollegen. Was kann ich noch für Sie tun?"
„Tatsächlich, der häufige Verzicht auf den Schlaf stellt zwischen unseren Berufen etwas Gemeinsames dar. Hoffentlich sind Sie nach der Operation nicht zu erschöpft", sagte Haussmann. „Wir benötigen noch einige Auskünfte."
„Kommen Sie, wir gehen zu mir in den ersten Stock."

Haussmann schaute sich erstaunt von der Tür in dem Dienstzimmer um. Es ähnelte eher einem elegant und geschmackvoll eingerichteten großen Wohnraum mit gemütlicher Sitzgruppe und einer breiten Couch, auf der jetzt Bettzeug lag. Eine Tür mit Ornamentglasscheibe ließ ein Kabinett mit Dusche und Toilette vermuten. In Fensternähe befand sich ein Schreibtisch mit der üblichen Unordnung von Papieren. Ein überfülltes Bücherregal, der Farbfernsehapparat, die Qualität des Teppichs, das Ölgemälde, Porträt einer anmutigen jungen Frau –

Einrichtung wie Atmosphäre legten nahe, daß Dr. Marborn hier ständig wohnte.
„Nehmen Sie bitte Platz und entschuldigen Sie mich einen Moment." Er ging in den Nebenraum hinter der Glastür. Als er nach wenigen Minuten zurückkehrte, trug er ein frisches Hemd, den Kragen offen, und roch nach Kölnisch Wasser. Während er sich setzte, klopfte es.
„Herein."
Das strahlende Lächeln der eintretenden Schwester ging in einen Ausdruck von Verlegenheit über, als sie die Besucher bemerkte.
„Verzeihung, Herr Oberarzt, daß ich störe. Ich dachte, eine Stärkung würde Ihnen nach der Operation guttun."
Errötend setzte sie das Tablett mit einer Tasse und einem kleinen Kännchen, aus dem es nach Kaffee duftete, auf dem Tisch ab. Haussmann schätzte die etwas mollige, sympathisch aussehende Frau auf Anfang dreißig.
„Danke schön, Erika, sehr nett von Ihnen."
„Ich konnte nicht wissen . . . soll ich noch mehr aufbrühen?"
„Meine Herren?" Dr. Marborn sah die Kriminalisten fragend an.
„Danke", sagte der Hauptmann. „Wir wollen Sie nicht lange in Anspruch nehmen."
Die Krankenschwester zog sich zurück, und es schien, als ob sie dabei einen Knicks andeutete.
„Die Operation war nichts Besonderes. Milzriß durch einen Autounfall. Für den Verunglückten allerdings keine Kleinigkeit. Was möchten Sie von mir wissen?"
Der Arzt war von mittelgroßer Statur, und nicht besonders kräftig. Seine Gesichtszüge waren farblos-durchschnittlich. Das Haar begann schütter zu werden. Um die Vierzig, dachte Haussmann, die Jahre hinterlassen ihre Spuren.
„Herr Dr. Marborn, Sie haben uns mit der vorläufigen Feststellung der Todesursache sehr geholfen. Wer hat Sie eigentlich zu diesem Zweck angefordert?"
Der Angesprochene schien zu zögern; mehrere Sekunden vergingen, ehe er Auskunft gab.

„Nun, Frau Kössel gewissermaßen . . ."
„Frau Kössel hat Sie verständigt?"
„Nein, nicht direkt, nicht verständigt. Sie war der Anlaß, daß ich mich auf den Weg machte."
„Soll das heißen, Sie wurden nicht von der Polizei gerufen, um den Verstorbenen zu untersuchen?"
„Das ist richtig."
„Sie trafen also ohne Kenntnis des Todesfalles im Haus ein?"
„Ja, das stimmt."
„Warum fuhren Sie dorthin?"
„Ich wollte nach der Schwangeren sehen."
„Frau Kössel ist eine Patientin von Ihnen?"
„Nein. Ich bin Chirurg, nicht Gynäkologe oder Internist. Aber ich wußte, daß sie sich in einer schlimmen Streß-Situation befand."
„Woher wußten Sie das? Sie hatten also doch schon Kenntnis von dem Todesfall.
„Nein, natürlich nicht, das habe ich Ihnen bereits gesagt. Davon habe ich erst durch den ABV erfahren."
„Von was für einer Streß-Situation sprechen Sie dann?"
„Frau Kössel war gegen Abend im Krankenhaus . . ."
„In der Schwangerenspätsprechstunde?" warf Dieter Gremm ein.
„Nein. Wieso?"
„Hätte ja sein können", meinte der Leutnant.
„Nein. Sie machte einen Krankenbesuch auf der chirurgischen Station. Nicht eigentlich einen Krankenbesuch. Sie wollte sich nach dem Ausgang einer Notoperation erkundigen. Eine Bekannte von ihr war um 17 Uhr in äußerst kritischem Zustand mit einer Appendixperforation, also Blinddarmdurchbruch, eingeliefert worden. Viel zu spät. Frau Kössel gab sich dafür die Schuld. Ich mußte ihr mitteilen, daß das Resultat der Operation noch ungewiß sei."
„Und das hat Frau Kössel stark mitgenommen?"
„Ja. Sie war einem Zusammenbruch nahe. Aber sie fing sich dann wieder und konnte allein nach Hause gehen. Sicherheitshalber wollte ich später dann doch noch nach ihr sehen."

„Wie ist der Name des Mädchens?"
„Heike Galler."
„Aha, H.G."
„Wie bitte?" fragte der Chirurg.
„Ach nichts. Ist Frau Kössel eine nähere Bekannte von Ihnen?"
„Von mir? Nein. Wie kommen Sie zu einer solchen Vermutung?"
„Nun, Ihre Besorgnis um sie ..."
„Nein, nein, das war nur meine normale ärztliche Pflicht."
Haussmann hatte das Gefühl, Dr. Marborn verschleiere etwas.
„Um nach Frau Kössel zu schauen, hätte es doch genügt, einen Assistenzarzt zu schicken oder den ärztlichen Bereitschaftsdienst zu benachrichtigen."
„Glauben Sie, daß Sie das beurteilen können?"
„Nun gut", meinte der Hauptmann, dem seine Erfahrung sagte, daß sich in dieser Richtung nichts mehr ergeben würde.
„Was halten Sie von Herrn Radtke. Was war Herr Radtke für ein Mensch?"
„Ich muß noch einmal betonen, daß ich nicht zum Bekanntenkreis dieser Leute gehörte. Deshalb kann ich Ihnen auch nichts Näheres über sie berichten. Was mir übrigens sowieso nicht liegen würde. Herr Radtke ist durch sein ... sein etwas abwegiges Äußeres, seine Haartracht, im Stadtteil bekannt gewesen, und über die ... Machenschaften in seinem ... seinem Tempel weiß ich wenig. Eigentlich nicht mehr, als hier in der Umgebung geredet wird. Darüber müssen Sie seine Anhängerschaft befragen."
„Okay." Haussmanns Blick hatte sich dem Bildnis der jungen Dame zugewandt.
„Sie haben es hier sehr wohnlich, Herr Doktor. Wer ist die Frau auf dem Bild, darf ich Sie das fragen? Eine schöne Arbeit."
„Hm", der Arzt wich einer Antwort aus. „Ja, dies kleine Appartement ist angenehm. Ich fahre selten in meine Wohnung. Eigentlich gar nicht mehr. Ich habe hier alles, was ich brau-

che, und bin immer gleich zur Stelle. Das kommt auch dem Krankenhaus zugute, meinen Patienten. Diese Dame da“, er blickte an Haussmann vorbei, „ist meine geschiedene Frau.“
Da bin ich aber ins Fettnäpfchen getreten, dachte Haussmann, mitten hinein. Na, wenn schon.
„Zwischen Ihnen und Herrn Radtke soll es kürzlich in einem Restaurant einen Zusammenstoß, eine regelrechte Schlägerei gegeben haben?“
„Das war nichts weiter“, wehrte Dr. Marborn ab. „Wer verbreitet solchen Klatsch? Es ging um eine Banalität, einen besetzten Tisch. Ein leichtes Gerangel, weiter nichts.“
Haussmann begriff, daß sie hierzu von dem Arzt zur Zeit nicht mehr erfahren würden.
„Wir strapazieren Ihre Geduld schon viel zu lange“, sagte er. „Abschließend noch eine Frage: Was haben Sie in der Zeit zwischen der Operation und Ihrem Auftauchen im Haus von Herrn Radtke getan?“
Der Chirurg lachte gequält, es mochte vor Übermüdung sein. „Gegen 18 Uhr 45 war die Operation beendet.“
„Wenn man Waschen und Umkleiden berücksichtigt, was taten Sie zwischen 19 und 20 Uhr?“
„Ich ging spazieren, am See entlang, um vor dem Nachtdienst noch etwas frische Luft und Bewegung zu haben.“
„Und ab 20 Uhr bis gegen 21 Uhr 30 hat man Sie ständig in der Klinik gesehen?“
„Ich hoffe es. Brauche ich etwa ein Alibi?“ Er lachte erneut.
„Routinefragen“, Haussmann stand auf. „Gute Nacht. Soweit man das bei Nachtdienst ohne Ironie sagen darf.“
Dieter Gremm, der sich ebenfalls aus dem tiefen Sessel erhob, verzögerte den Aufbruch. „Noch eins. Sie scheinen Herrn Radtke nicht gerade sehr geschätzt zu haben. Aber, entgegen dem, was Sie vorhin behaupteten, zu seinem Kreis haben Sie wohl doch gehört?“ Die Unterstellung löste bei dem Arzt eine unerwartete, in ihrer Heftigkeit unerklärliche Reaktion aus.
„Was? Was sagen Sie da? Ganz im Gegenteil, ganz im Gegenteil! Was erlauben Sie sich . . .“

Auf die Frage nach der Adresse des am Nachmittag eingelieferten Mädchens schrieb ihnen die verschlafene Nachtschwester in der Pförtnerloge aus dem Aufnahmebuch die Angaben auf einen Zettel: Heike Galler, Köpenick-Nord, Kleinschewskistraße 97.

„Damit haben wir vielleicht die Besitzerin des H-G-Taschentuches entdeckt", stellte Haussmann fest, als sie das Krankenhaus verließen.

„Und ausgerechnet die hat ab 17 Uhr ein unangreifbares Alibi", sagte Gremm mit Bedauern und gähnte herzhaft.

8. Prügelei zweier erwachsener Männer

Frühmorgens, am Frühstückstisch, nach nur vier Stunden Schlaf, hatte Sebastian seine Frau zum Hinduismus konsultiert. Susann, die als Kunsthistorikerin auf diesem Gebiet einige Kenntnis besaß und auf Literatur zurückgreifen konnte, verzichtete, solange Sebastian ihr gegenübersaß, auf die krossen Brötchen, trank nur ab und zu von dem starken Kaffee.

„Krishna", erklärte sie, „eine Verkörperung des Gottes Vishnu, ist eine der wichtigsten Figuren dieser Religion. Seine Lehre und sein in Legenden berichtetes Leben verwandelten den Hinduismus im Laufe der Jahrhunderte aus einer auf asketische Tugenden gegründeten mystischen Technik in eine Religion der selbstvergessenen Hingabe an Gott. Diese Definition mußten wir im Studium auswendig lernen. Eine Art Glaubensbekenntnis findet sich in der Bhagavad-gita."

Das hatte schon Frau Berger erwähnt, erinnerte sich Haussmann.

„Dazu", meinte Susann, „muß ich dir etwas mehr über das indische Heldenepos erzählen." Nach zehn Minuten, in denen er ihr so aufmerksam zuhörte, daß auch seine Brötchen liegenblieben, unterbrach sie ihre Lektion.

„Die Zeit reicht nicht, ich weiß nicht, wie man das kurz fassen kann. Du mußt gehen, sonst kommst du zu spät zum Dienst."

„Tschüß", verabschiedete sich Sebastian, „du weißt 'ne Menge mehr als Frau Berger, vermute ich." Er stopfte zwei Schrippen in die Aktentasche.
„Na, wenn ich dich richtig verstanden habe, warst du eher an ihren schönen Augen interessiert. Daß du es nicht lassen kannst, alter Knacker! Ich hab auch schöne Augen, siehst du das überhaupt noch?" schloß sie mit liebevoll-kokettem Lachen, in dem ein früher nicht vorhandener, schwer definierbarer Unterton mitschwang. Sebastian spürte das seit einiger Zeit. War es etwa Eifersucht? Von einer gewissen Rechtsanwältin konnte Susann nichts wissen, und da war ja tatsächlich auch nichts. Er brauchte kein schlechtes Gewissen zu haben. Nun dann wohl Eifersucht auf seinen Beruf, der ihn mit so vielen Menschen in Berührung brachte. Ihr Arbeitstag lief im Forschungsbereich der Nationalgalerie in einem kleinen stets gleichbleibenden Kreis von Kollegen und in begrenzten Büroräumen ab, und nach Feierabend erwarteten sie die Kinder und der Haushalt mit seinen Zwängen. War es das? Nicht zu ändern, dachte er, während er sich mit eiligem Kuß von Susann verabschiedete. Bei unserer Verlobung wußte sie, was auf sie zukam. Er hatte sich zumindest nichts vorzuwerfen.

Als Dieter Gremm sich im Polizeipräsidium bei Haussmann meldete, hatte der Hauptmann bereits seinem Vorgesetzten Bericht erstattet.
„Unser Arbeitsprogramm, Dieter, sieht für die nächsten Stunden folgendermaßen aus: Ich vernehme zuerst den Ehemann der Frau Berger. Er war vermutlich Augenzeuge der Prügelei und kann uns vielleicht mehr über das Verhältnis zwischen dem Arzt und dem Getöteten erzählen. Frau Berger hat uns berichtet, es sei dabei um eine Frau gegangen. Der Arzt sprach nur von einem leichten Gerangel wegen eines besetzten Tisches. Auch seine Beziehungen zu Frau Kössel blieben undurchsichtig. Möglicherweise kann uns der Wirt hierzu Genaueres sagen. Du beginnst sofort mit der Überprüfung des Alibis von Conrad Riemer und führst anschließend die übli-

chen Befragungen in der Nachbarschaft durch. Und versuch auch, etwas über den Leumund der Berger herauszubekommen. Um 10 Uhr findet die Obduktion statt, an der ich teilnehme. Wir treffen uns um 13 Uhr im Revier in Friedrichshagen!"

Die „Kunstbudike" öffnete erst zur Mittagszeit. Der Hauptmann klingelte deshalb am Privateingang. Er betrachtete mit Interesse die Bilder an den Wänden der Gaststätte, eine motivisch einheitliche Kollektion von Aquarellen, die drei Maler unabhängig voneinander in der Slowakei geschaffen hatten.

„Davon könnte mir Verschiedenes gefallen", äußerte er.

„Es ist alles zu haben", entgegnete der Budiker, der sich selber gern in bewußter Traditionspflege seines Berufsstandes so bezeichnete. „Nicht sehr teuer übrigens. Noch nicht. Die Künstler, die hier ausstellen, haben zumeist noch keinen Namen und damit keinen Marktwert. Sie sind glücklich, wenn man ihnen etwas abnimmt. Nicht nur wegen des Geldes. Nein, eher wegen des ungeheuren Gefühls, entdeckt worden zu sein. Hier zu kaufen ist eine Chance, sich mit bescheidenen Mitteln den Grundstock einer Sammlung anzulegen. Und wer kann voraussehen, ob er nicht das Bild einer zukünftigen Berühmtheit an Land zieht."

„Ich werde mit meiner Frau vorbeikommen", sagte Haussmann. „Sie hat einen geschulten Blick dafür."

„Tun Sie das. Wenn Ihnen gerade diese Bilder zusagen, dann bald, denn wir wechseln in Kürze. Allerdings kann ich Ihnen auch die Adressen der Maler geben."

„Ich überlege es mir. Doch nun zum Zweck meines Besuches. Daß Ihnen Herr Radtke bekannt war, weiß ich von Ihrer Frau. Sie kennen auch Dr. Marborn?"

„Sicher", sagte der Kneipier. „Er ist Stammgast bei uns."

„Ihre Frau deutete an, daß es zwischen Herrn Radtke und Dr. Marborn unlängst einen Zwischenfall gegeben hat."

„So könnte man es nennen. Übrigens, Sie sind zwar im Dienst, Herr Hauptmann, aber ein kleines Pils kann doch nicht schaden?"

„Bedaure“, lehnte Haussmann ab, „wie gesagt, ich schaue mal mit meiner Frau herein, außerhalb der Dienstzeit.“
„Aber Sie sehen aus, als ob Sie einen Kaffee vertragen könnten.“
Sehe ich so aus, fragte sich Haussmann. „Gut, aber auf eigene Rechnung.“
Der Wirt verließ den Gastraum und kam kurz darauf mit zwei Kännchen zurück.
„Ich brauch auch einen, die letzte Nacht hat uns ganz schön mitgenommen.“
„Dr. Marborn sprach – anders als Ihre Frau – von einer unerheblichen Meinungsverschiedenheit. Was war tatsächlich los? Eine Prügelei, wie Ihre Frau sich ausdrückte, ist schließlich durch ausgeprägte Tätlichkeiten gekennzeichnet. Nun dürfte zumindest Dr. Marborn kaum einem Personenkreis angehören, der in der Öffentlichkeit handgreiflich wird. Da er verhältnismäßig schmächtig wirkt, würde er, meine ich, sowieso versuchen, einer Schlägerei mit einem so großen und kräftigen Mann wie diesem Guru auszuweichen. Warum lächeln Sie? Ach so. Tatsächlich, für mich und meine Kollegen ist der Getötete auch schon zum Guru geworden. Herr Radtke soll zudem kein sehr rücksichtsvoller Mensch gewesen sein.“
„Nein, das war er nicht“, bestätigte der Wirt. „Allerdings war er auch nicht durch und durch ein Bösewicht. Ich konnte ihn ganz gut leiden. Er war rücksichtslos in der Art eines Elefanten im Porzellanladen. Wenn er Porzellan zerschmiß, merkte er das manchmal gar nicht. Ein andermal tat er es wieder ganz bewußt. Wenn er zum Beispiel den Arzt zur Weißglut trieb. Ein Spielchen, das ich gar nicht liebte. Leider passierte es vorzugsweise hier im Lokal, weil sich die beiden eigentlich nur hier begegneten.“
„Die Schlägerei war auch das Resultat solch einer ... kann man sagen: Provokation?“
„Aber sicher.“
„Dann erzählen Sie mal.“
„Na ja. Muß fünf Tage her sein. So um 15 Uhr kommt Engelbert zur Türe rein. Waren nur wenige Besucher da, keine Be-

kannten von ihm, zu denen er sich setzen wollte. Nur Dr. Marborn saß dort hinten in der Ecke am runden Tisch. Tag Engelbert, sag ich, wie gehts. Ein Bier? Und er: Natürlich, und selber? Deine Frau da? Nee, leider nich, sag ich. Vera ist mit dem Kombi noch mal zur Zentralmarkthalle. Warum? Er müßte etwas mit ihr besprechen. Kann ich dir helfen, frag ich, als ich ihm sein Bier bringe. Nein, meint er. Na, ich hab nicht weiter gefragt, ich bin nicht neugierig. Vielleicht würde ich später von ihr erfahren, worum es geht. Oder auch nicht. Sie kann manchmal eisern dicht halten, die reinste Diskretion. Gehört zum Geschäft. Wenn die Leute ein bißchen getrunken haben, fangen sie an, uns ihre Sorgen auszubreiten. Gerade die Künstler, die den ganzen Abend in einem Winkel hocken, ein Bier nach dem anderen bestellen und beobachten, ob sich jemand ihre Bilder anschaut. Ganz schön deprimierend, wenn das überhaupt keiner tut. Dann ist der Wirt oder die Wirtin gut, um sich die Enttäuschung vom Herzen zu reden."
„Gehörte Ihre Frau zu dem engeren Kreis um den Guru? Hat sie bei den Übungen oder dem sonstigen Tun und Treiben mitgemacht?"
„Treiben ist gut gesagt. Dort soll manchmal allerhand getrieben worden sein, wird behauptet. Aber nicht von Vera, das werden Sie nicht annehmen. Die hat mich. Nur bei den Yoga-Zusammenkünften, wenn die mit Engelbert ihre frommen Gesänge gesungen haben – die mich an eine Margarine-Werbung im Westfernsehen erinnern, Sie wissen schon: Rama, Rama – da hat sie mitgemacht, so aus Spaß, ein paar Wochen lang. Das gilt doch als schick hier in der Gegend. Für mich ist es reiner Humbug. Aber Vera, Sie haben sie ja kennengelernt, Vera läßt keine Mode aus. Ein Glück, daß sich die Frauen dabei nicht auch den Schädel kahlscheren müssen. Da würde sie jetzt aber schön aussehen! Ja, also zurück zu dem bewußten Nachmittag. Nach 'ner Weile fragt Engelbert so in den Raum hinein mit Blick auf den Arzt in seiner Ecke, was der denn hier zu suchen habe, um diese Zeit, ob's denn keine Kranken mehr gäbe. Na, das fehlt mir gerade noch, denke ich, unser Guru will Stunk. Der Doktor ist sehr tüchtig, müssen Sie wis-

sen, obwohl er gar nicht viel von sich hermacht . . . Was wollte ich sagen? . . . Engelbert trinkt sein großes Glas auf einen Zug leer. Das mag ich überhaupt nicht, dazu behandle ich das Bier zu gut. Lagertemperatur und so. Er wischt sich den Schaum vom Mund und wird schon ziemlich laut: Der Doktor sitzt auf meinem Stammplatz, siehst du ja wohl; und will sich erheben. Bleib wo du bist und sei schön friedlich, du weißt, ich mag das nicht, ermahne ich ihn. Na gut, dir zuliebe, meint er. Ich solle ihm noch ein Bier bringen. So etwa, genau wörtlich kann ich mich natürlich nicht mehr erinnern. Jedenfalls ließ er das nächste Glas auch wieder ohne abzusetzen in sich reinlaufen. Nur dir zuliebe, wiederholt er, ich tu ihm ja nichts, diesem Hampelmann, aber wirklich nur dir zuliebe. Mir wär's lieber gewesen, wenn er sich jetzt verabschiedet hätte. Er schien zwar wieder Ruhe zu geben, doch ich traute ihm nicht. Kurz darauf wurde ich in die Küche gerufen. Und genau in den wenigen Minuten ist es passiert. Die anderen Gäste haben mir erzählt, daß Engelbert zu dem Arzt hinüberging und lautstark mit beleidigenden Worten auf ihn einredete. Dabei fuchtelte er ihm mit einer Broschüre vor der Nase herum. Der Doktor hat anfangs wohl nur ärgerlich abgewehrt. Dann hat Engelbert begonnen, aus dem Büchlein irgend etwas vorzulesen, so in der Art, Ärzte und Wissenschaftler sind alles Scharlatane, große Schwindler und Volksverdummer und noch mehr auf diese Tour. Vera hat mal so ein Heft für ein paar Tage mitgebracht, und wir haben uns über den Mist totgelacht. Aber der Doktor muß an diesem Tage schwache Nerven gehabt haben. Und der Guru war für ihn sowieso ein rotes Tuch seit der Geschichte mit seiner Frau. Jedenfalls soll er aufgesprungen sein und sich auf Engelbert gestürzt haben. Der hat ihm wohl nur eben seine gerade Rechte auf den Punkt gesetzt, da ist der Doktor schon zusammengesackt. Als ich zurückkam, war's bereits geschehen. Die anderen Gäste saßen verschreckt wie die Karnikkel auf ihren Plätzen. Ich war so erbost, daß ich an mich halten mußte, um nicht meinerseits dem Engelbert eine zu verpassen. Ich war ja mal Boxer. Wie ich dem Doktor hochhelfe, sagt Engelbert, der Marborn habe ihn angegriffen. Eine Gemeinheit, so was. Als er schon an der Tür ist, meint er noch, wegen Vera würde er später vorbeikommen. Hau bloß ab, hab ich ihm wütend nachgerufen. Und der Doktor hat, noch nach Atem ringend, hervorgestoßen: Ich bring ihn um, ich bring ihn eines Tages um, den Kerl! Das klang natürlich ziemlich lächerlich nach dem, was soeben vorgefallen war. Dieses Häufchen Unglück mit Tränen in den Augen. Doch das war wohl weniger wegen des Fausthiebes als wegen der Geschichte mit seiner Frau."

„Was ist denn das für eine Sache mit seiner Frau?"

„Ach, ich glaubte, Sie wissen davon."

„Nein, woher denn?"

„Na, von meiner Eheliebsten, dachte ich. Ich kenn die Einzelheiten allerdings nicht so genau wie Vera. Zwischen den Marborns war wohl eine Zeitlang nicht mehr alles in Ordnung. Er soll was mit einer Krankenschwester gehabt haben, na halt das Übliche an einer Klinik. Und sie hat in dieser Zeit die Krishna-Leute kennengelernt und war ganz schnell von der Lehre richtig high, aber ernsthaft, und nichts mit Engelbert oder so, ganz im Gegenteil. Irgendeiner von diesen Propheten verlangt nämlich, daß man nicht mehr miteinander schlafen soll."

„Das ist ja das Gegenteil von dem, was Herr Radtke für sich als Guru in Anspruch genommen hat."

„Sie meinen die Legende von irgendwelchen Bauernmädchen ..."

„Etwas bewandert sind Sie auch, scheint mir."

„Na klar, Vera hat doch anfangs ununterbrochen nur davon geredet, von all dem Zeugs, das der Guru vorgelesen hat, jeden Abend was anderes. Oft genug reimte es sich überhaupt nicht zusammen, widersprach sich so deutlich, daß selbst ich es merkte, obgleich ich gar nicht richtig zuhörte. Also jedenfalls wird von einem dieser komischen Heiligen behauptet, die Umarmung durch Blicke bei der ehelichen Liebesbeziehung habe eine stärkere Wirkung als das ... na, Sie wissen schon, das Bumsen. Und als der Doktor sich endlich wieder seiner Frau zuwendet, gibt's bei der nichts mehr als nur noch Blicke und Hare, Hare Krishna und Rama. Nichts mehr im Bett.

Eine Weile hat er noch versucht, alles wieder ins Lot zu bringen, dann haben sie sich scheiden lassen. Sie hat einen Ausreiseantrag gestellt, der erstaunlich schnell genehmigt wurde. Jetzt lebt sie in einem buddhistischen Nonnenkloster in den Vorbergen des Himalaya."

„Buddhistischen . . . – sagen Sie?"

„Ich kenn mich in den Unterschieden nicht so aus. Irgendwann ist mal Post gekommen, für die Angela, da stand drin, daß nur der Buddhismus das Wahre sei. Wie gesagt, ich hab davon keine Ahnung. Sie ist also Nonne und unerreichbar weit weg. Und der Arzt kriegt jedesmal einen Wutanfall, wenn er den Guru trifft. Tja, aber nun ist das ja vorüber."

„Besten Dank für die Auskünfte", sagte der Hauptmann. „Ich komme mal vorbei. Privat. Mit meiner Frau. Auf ein Bier und wegen der Bilder."

9. Resultat der Obduktion

Der Hauptmann mußte sich beeilen, um rechtzeitig zum Beginn der Autopsie ins Institut für Forensische Medizin in der Hannoverschen Straße zu gelangen.

Die Obduktion fing mit einer Inspektion der Oberfläche des toten Körpers, also der Haut, an. Dabei entdeckte man einen noch als frisch zu bezeichnenden Einstich in der linken Armbeuge, der von einer intravenösen Injektion herrühren konnte. Sofort wurden Blut- und Lebergewebeproben der Leiche entnommen und zum Labor gegeben, um feststellen zu lassen, ob dem Engelbert Radtke irgend etwas injiziert worden war. Die vermutete Todesursache bestätigte sich: Erstickung durch in die Luftröhre eingedrungenes Wasser. Eintritt des Todes etwa zwischen 20 und 21 Uhr. Wieweit die vielleicht eingespritzte Substanz dabei eine Rolle gespielt hatte, ließ sich erst beurteilen, wenn sie identifiziert und der Zeitraum ihrer Verabreichung eingegrenzt war. Als ebenfalls wichtiger Befund wurden die Kratzspuren an den Knöcheln ins Protokoll aufgenommen. Weitere gerichtsmedizinisch bedeutsame Feststellungen ergaben sich nicht.

Wie verabredet trafen sich die beiden Kriminalisten im Friedrichshagener Revier in der Bölschestraße.

Haussmann informierte den Leutnant über das Resultat der Obduktion.

„So, Dieter, und nun du! Erstens das Alibi des Riemer."

„Die Überprüfung ist noch unvollständig, da ich beide Frauen vom Filmtheaterpersonal zu Hause nicht erreicht habe. Um halb drei ist Öffnung der Kinokasse für die Kindervorstellung. Da werde ich sie bestimmt antreffen."

„Und der Obergärtner?"

„Er hat ihn zwar gegen Abend irgendwann gesehen, kann aber nicht mit Sicherheit angeben, wann das war."

„Schade, dann müssen wir also bis gegen 15 Uhr warten. Und was haben dir die lieben Nachbarn des Herrn Radtke erzählt?"

„Die meisten nur den üblichen unbrauchbaren Tratsch. Aber, nun halt dich fest: Eine Frau, aus deren Wohnzimmerfenster man schräg auf das Krishna-Haus sehen kann, hatte beim Telefonieren am Fenster stehend bemerkt, daß ein Wagen vor dem Haus parkte. Nach einigen Minuten kam Dr. Marborn mit der Arzttasche in der Hand durch den Vorgarten, stieg in das Auto und fuhr weg. Das war um 19 Uhr 58. Die Uhrzeit wußte sie so genau, weil sie ein Ferngespräch führte, dessen Länge sie sich notieren wollte."

„Mensch, diese präzise Zeitangabe ist ja unglaublich. Kommissar Zufall, unser bester Verbündeter. Wir nehmen uns den Arzt nachher gleich wieder vor. Und hast du etwas über Frau Berger erfahren?"

„Nur soviel, daß der Radtke sehr hinter ihr her war. Ist ja kein Wunder bei ihrem Aussehen. Aber ob sich da wirklich was abgespielt hat, konnten mir die Leute nicht sagen."

„Sonst noch was?"

„Nein, das war alles."

„Gut, Dieter. Resümieren wir, worauf wir uns beim weiteren

Vorgehen stützen können. Fangen wir mit der Lebensgefährtin des Ermordeten an. Sie hat ein Motiv, Eifersucht. Das häufigste Tatmotiv bei Tötungsdelikten in unserem Land. Sie hat kein Alibi oder, genauer gesagt, sie macht über den in Frage kommenden Zeitraum auffällig unpräzise Angaben. Wir müssen sie damit als verdächtig einstufen. Außerdem könnte das vor der Badewanne gefundene Taschentuch von ihr stammen. Übrigens hat Angela Kössel, falls es dir, Dieter, nicht entgangen ist, das in der Küche benutzte Papiertaschentuch achtlos zu Boden geworfen. Vielleicht eine Unart, die zwar keinen Beweis, aber einen Hinweis darstellt."

„Den Zellstoff-Rotzlappen", warf Gremm ein, „wenn du mir diese Bezeichnung gestattest, habe ich kurz danach aufgehoben und heute morgen zusammen mit dem Taschentuch aus dem Badezimmer zur Untersuchung gebracht. Ich bin gespannt, was sich beim Vergleich der Schleime herausstellen wird."

„Du bist tatsächlich wieder mal der Größte", sagte Haussmann mit dem gutmütigen Spott, der zwischen ihnen üblich war, wenn sie nicht vor Fremden amtliche Haltung zu demonstrieren hatten.

„Was Frau Berger angeht, so ist sie die einzige, bei der feststeht, daß sie in dem Badezimmer war. Sie ist damit für uns als verdächtig anzusehen und kommt durchaus als Täterin in Betracht. Daß sie die Meldung gemacht hat, könnte ein raffiniertes Ablenkungsmanöver sein. Allerdings: wir erkennen bei ihr bisher kein Motiv. Das gilt auch für Conrad Riemer. Ganz im Gegensatz zu dem Arzt. Der glaubt, wenn wir den Angaben des Wirtes folgen, daß er seine Frau durch den Guru verloren hat. Und er hat uns verschwiegen, daß er bereits gegen drei Viertel acht in dem Haus war. Er könnte Herrn Radtke die Spritze gegeben haben. Die vorläufige Schnellanalyse ergab, daß ein Beruhigungsmittel in hoher Dosierung verabreicht wurde. Rauschgift, das ich als erstes in Erwägung gezogen hatte, ist also nicht im Spiel. Allerdings kann ich mir nicht vorstellen, daß sich Herr Radtke ausgerechnet von diesem Arzt eine Spritze geben ließ."

„Wie gedenkst du weiter vorzugehen?"
„Auf Grund der Verdachtsmomente gegen Frau Kössel führen wir zuerst die gestern mit Rücksicht auf ihren Zustand abgebrochene Vernehmung fort."
In wenigen Minuten waren sie in Luisenhagen.

10. Die Schlacht bei Kuruksetra

Garten- und Haustür standen offen. Haussmann rief nach Frau Kössel, erhielt aber keine Antwort. Als er die Tür zu dem Zimmer linker Hand öffnete, kam Conrad Riemer aus dem Tempelraum, in dem wieder Kerzen brannten. Ein grünes Tuch umhüllte ihn und verdeckte seine Straßenkleidung. Er nahm es ab und legte es auf eine der Matten.
„Herr Riemer", Haussmann nutzte die Gelegenheit, „schön, daß ich Sie hier treffe, ich habe einige Fragen an Sie. Vielleicht können wir das gleich erledigen."
„Bitte sehr", akzeptierte der junge Mann den Vorschlag.
„Wissen Sie, wo Frau Kössel ist?"
„Sie arbeitet in der Küche. Es muß ja weitergehen. Wir können doch nicht alles hinwerfen. Wir bereiten die Trauerriten vor."
Der Hauptmann sah sich um und entdeckte einiges, das ihm nachts bei Lampenlicht nicht besonders aufgefallen war. In dem verglasten Schrank standen Dutzende von Büchern in weinroten oder marineblauen Einbänden, deren goldene Beschriftung auf den Rücken anzeigte, daß sie die Lehren Sri Caitanyas oder die Legenden um die Person Krishnas enthielten. An den Wänden hingen ostasiatische Rollbilder, wie sie gern von Vietnam-Reisenden mitgebracht werden, die man aber auch in Berliner Kunstgewerbeläden kaufen kann, sowie zwei chinesische oder japanische Tuschezeichnungen. Haussmann war kein Kenner, der die Schriftzeichen und Namenssiegel identifizieren konnte. Seine Aufmerksamkeit beanspruchten vor allem drei leuchtend bunte große Poster mit englischen Unterschriften.

„Was stellen diese Bilder, die Poster dar, Herr Riemer?"
„Das vor Ihnen ist ein Anblick des Blachfeldes von Kuruksetra, wo sich Krishna als prinzlicher Wagenlenker vor der großen Schlacht seinem Herren, dem Königssohn Arjuna, als Gott offenbarte ..." Der junge Mann hielt inne und überlegte. „Haben Sie überhaupt schon einmal etwas von unserer Lehre gehört?"
„So gut wie nichts", Haussmann unterschlug die beim Frühstück von Susann versuchte Einführungslektion.
„Dann lassen Sie mich etwas ausholen."
„Muß das sein?" fragte Gremm. Es war nicht deutlich, ob er damit den Hauptmann oder den Zeugen ansprach.
„Doch", sagte Haussmann, „ich glaube, es ist für uns ganz nützlich."
„In dem etwa eintausendachthundert Jahre alten indischen Heldenepos Mahabharata", begann Conrad Riemer, „wird die Geschichte zweier eng verwandter Herrscherhäuser erzählt, von denen das eine das andere teils durch Betrug, teils durch Gewalt um die legitime Vorherrschaft brachte. In den nahezu unüberschaubar verflochtenen Linien dieser Gesänge, die das gesamte philosophische, ethische, juristische und kulturelle Wissen und Denken Indiens im Altertum in mehr als achtzigtausend Doppelversen enthalten, geht es um die zentrale Frage von Recht und Unrecht. Das Mahabharata ist wegen seines Umfanges übrigens bis heute in seiner Gänze noch nicht ins Deutsche übertragen. Der Familienstreit, in den auf beiden Seiten zahllose verwandte Geschlechter mit ihren Vasallen einbezogen waren, konnte schließlich nur in einer Vernichtungsschlacht entschieden werden, in der die Usurpatoren fast völlig, die rechthabende Partei aber auch bis zur Dezimierung aufgerieben wurde."
Gremm registrierte, daß die Darstellung Conrad Riemers einen hohen Bildungsstand des Berichterstatters verriet. Sein Verhalten mir gegenüber heute Nacht war also eine beabsichtigte Provokation.
„Das klingt nach indischem Nibelungenlied", warf er interessiert ein. Er war nicht nachtragend.

„Richtig", bestätigte ihm Conrad Riemer höflich, „aber die Dimensionen sind andere, sind von einer höheren, einer weltweiten Größenordnung, und es geht nicht um persönliche Rache für erlittenes Unrecht, sondern um die prinzipielle Frage, wie fundamentalem Recht zur Gültigkeit zu verhelfen ist. Aber gewisse Ähnlichkeiten bestehen."
„So instruktiv Ihre Ausführungen auch sind", Haussmann schaute auf seine Uhr, „was hat diese Historie mit der heutigen Krishna-Bewegung zu tun?"
„Ungeduld", belehrte der junge Mann, „ist eine sehr schädliche Eigenschaft. Sie lenkt vom Wege ab. Ich komme zum Eigentlichen, der Bhagavad-gita, und damit zum Ende. Arjuna, einer der Königssöhne der für ihr Erbfolgerecht streitenden Partei, zugleich ihr hervorragendster Heerführer, hat unmittelbar vor Beginn der Schlacht plötzlich lähmende Skrupel, ob man diesen Kampf denn überhaupt ausfechten dürfe. Sind doch auf der feindlichen Seite nahe Verwandte, aufrechte gute Menschen und Freunde angetreten, die nur deshalb Gegner sind, weil der Lehenseid sie an den unrechtmäßigen Herrscher bindet. Das ähnelt tatsächlich der sogenannten Nibelungentreue. Arjuna will vom Kampf abstehen, er kann die Vernichtungsschlacht zwischen den Vetterngeschlechtern nicht verantworten nur wegen einer, wenn auch noch so gewichtigen dynastischen Frage. Da gibt sich plötzlich sein Wagenlenker, Prinz Krishna, als Verkörperung des Höchsten Gottes Vishnu zu erkennen und begründet die Notwendigkeit der blutigen Auseinandersetzung für das Recht. Kraft seiner göttlichen Autorität überzeugt er schließlich den zweifelnden Arjuna, der zum Angriff blasen läßt."
„Sehr interessant!" äußerte Haussmann. „Und wer ist die eindrucksvolle Persönlichkeit hier auf dem Plakat? Sie wirkt wie versunken in ihrer meditativen Haltung, und es geht zweifelsohne eine Ausstrahlung von ihr aus. Eine charismatische Erscheinung."
„Sie interpretieren das durchaus zutreffend", sagte Conrad Riemer anerkennend. „Ich hatte geglaubt, Sie würden all dem uninteressiert und ablehnend gegenüberstehen, wie wir das

von Vertretern der Staatsmacht gewohnt sind. Ich sehe, Sie sind zumindest um ein Minimum an Verständnis bemüht."
Haussmann zog es vor, nicht zu antworten. Er war nicht auf eine Diskussion aus, die, wie ihm schien, zu einem Missionierungsversuch führen könnte. Bei aller intelligenten Sachlichkeit, mit der der junge Mann die Grundlagen der Hare-Krishna-Bewegung zu umreißen versuchte, entging Haussmann nicht der schwelende Fanatismus in den Augen dieses Menschen. Sie schienen der Welt unablässig eine Mitteilung zu machen.
Conrad Riemer begann zu erklären: „Das ist Seine Göttliche Gnade Bhaktivedanta Swami Prabhupada, der ein großer indischer Industrieller war, bis ihn die Erleuchtung zum Begründer der Internationalen Gesellschaft für Krishna-Bewußtsein werden ließ. Er entsagte seinen Ämtern und Würden und zog in die westliche Welt, um in den USA, in Europa und anderswo Zentren des Krishna-Bewußtseins ins Leben zu rufen. Er war der bedeutendste neuzeitliche Führer unserer Bewegung."
„War?" fragte der Leutnant.
„Ja. Er starb 1977. Er hat das Werk Sri Caitanyas für uns Heutige aufbereitet. Von Sri Caitanya habe ich Ihnen noch nichts erzählt ..."
„Über ihn sind wir schon von Frau Berger informiert worden", warf Haussmann eilig ein.
„Von Frau Berger? Die hat doch keine Ahnung. Sie hat die Lehre nie ernst genommen." Er machte eine abtuende Handbewegung.
„Auf dem dritten Bild", fuhr er fort, „sehen Sie eine Schlüsselszene aus dem Leben Krishnas, Krishna tanzt den Rasa-Tanz mit den Kuhhirtenmädchen von Vraja ..."
„Den Gopis", ergänzte Dieter Gremm wie beiläufig.
Vor Verblüffung konnte Conrad Riemer nur ein „Ach!" von sich geben. Doch dann glaubte er, eine Erklärung für Dieter Gremms unerwartete Kenntnisse gefunden zu haben.
„Es steht unter dem Bild, wenn auch auf Englisch. Ja, es ist Krishnas transzendentaler Tanz mit den Gopis von Vraja."

„Gut", sagte Haussmann. „Nun noch einige Fragen zum gestrigen Geschehen. Haben Sie im Krankenhaus eine Heike Galler besucht?"
„Ja."
„Die konnte man als Frischoperierte doch gar nicht besuchen."
„Ja, das stimmt. Ich wartete auf das Ergebnis der Operation, denn ich habe ja ihre schnelle Einlieferung veranlaßt."
„Wieso Sie? Erklären Sie uns das mal. Sie wohnt doch in Köpenick-Nord."
„Da gibt es nicht viel zu erklären. Die Heike wohnte seit einer Weile hier im Haus."
„War sie eine von Herrn Radtkes Geliebten?" fragte Dieter Gremm.
Conrad Riemer ließ eine Pause entstehen, ehe er zögernd sagte: „Ja, sie war seine letzte Geliebte."
„Wie verhielt sich denn Frau Kössel dazu? Das muß doch eine komplizierte Situation gewesen sein."
„Ja, es war eine komplizierte Situation", bestätigte Conrad Riemer, „eine sehr komplizierte Situation."
„Eines Tages", begann er nach einer erneuten Pause, „ist Heike zu einer unserer Meditationen erschienen. Etwa fünf Wochen zuvor lernte ich sie kennen. Ich begegnete ihr zufällig. Als ich aus der Straßenbahn am Friedrichshagener Marktplatz ausstieg, strauchelte ich. Sie hatte vor mir den Wagen verlassen, drehte sich um und stützte mich, so daß ich nicht hinschlug. Wir gingen in dieselbe Richtung und kamen ins Gespräch. Natürlich erzählte ich ihr bald von der Lehre und fand sie unerwartet interessiert an den Zielen unserer Gruppe. Wir trafen uns fortan öfters, und ich führte sie in das Wesen unseres Glaubens ein. Drei Wochen später stellte ich sie Engelbert vor, und er forderte sie auf, an unserer nächsten Meditation teilzunehmen. Sie war sehr glücklich, daß wir sie in unsere Gemeinschaft aufnehmen wollten. – Ja, so begann das. Während dieser ersten Meditation lag Engelberts Blick immer wieder auf ihr. Sein Interesse war unmißverständlich. Nur Angela merkte nichts. Sie befand sich damals schon im dritten

Monat. Man hätte es noch lange nicht gesehen, doch sie erzählte es allen und ahnte natürlich nichts von dem, was mir schon an diesem Tage aufging. Ja, es war eine komplizierte Situation, die sich dann entwickelte."

„Sie spielen also im Leben dieses Mädchens eine nicht unbedeutende Rolle", stellte Haussmann fest. „Sie haben sie in den Kreis eingeführt, und Sie haben sie in der lebensgefährlichen Situation gestern Nachmittag ins Krankenhaus schaffen lassen, wenn ich Sie richtig verstanden habe."

„Ich spiele gar keine Rolle", entgegnete der junge Mann fast tonlos. „Krishna erleuchtet und führt mich. Was immer geschieht, es ist mein Karma."

Karma, das wußte Haussmann, bedeutete soviel wie „Schicksal". Riemer berichtete, daß er am Vortag Angela Kössel verzweifelt und Engelbert Radtke apathisch und handlungsunfähig am Lager des bewußtlosen Mädchens vorfand. Da hätte er die Initiative ergriffen und ärztliche Hilfe geholt.

„Um wieviel Uhr war das?" fragte Haussmann.

„So um 17 Uhr."

Das stand in Übereinstimmung mit der Zeitangabe des Arztes.

„War Frau Kössel an dieser Rettungsaktion beteiligt? War sie in dieser Zeit mit Ihnen zusammen?"

„Ja, wir haben das gemeinsam gemacht."

„Und warum haben Sie uns das gestern Abend nicht gesagt?"

„Ich bin nicht nach Einzelheiten gefragt worden."

„Wann und wo haben Sie sich von Frau Kössel getrennt?"

„Gegen 19 Uhr vor dem Krankenhaus."

„Wohin ist Frau Kössel dann gegangen?"

„Keine Ahnung", erwiderte Conrad Riemer, zu schnell, fand Haussmann. „So", sagte er, „das war es eigentlich. Ihr Alibi kennen wir."

„Ja, das kennen Sie."

„Noch eine letzte Frage: Wenn ich etwas von dem, was mir inzwischen von verschiedenen Seiten zum Wesen Ihrer Lehre erklärt worden ist, wirklich begriffen habe, so dies: Sie ist im Grund friedfertig, gewaltlos . . ."

„Pazifistisch, wollen Sie sagen, nur daß Sie das Wort nicht mögen, und es deshalb umschreiben“, fiel ihm Conrad Riemer ins Wort.
„Ganz richtig“, mischte sich Dieter Gremm ein, „wir sprechen sicher verschiedene Sprachen.“
„Sicher“, bestätigte Haussmann. „Dennoch: Krishna überzeugte diesen König . . .“
„Arjuna.“
„Ja, diesen Arjuna, daß es seine Pflicht sei, den Kampf ums Recht bis zur Vernichtung des Gegners, aber vielleicht auch bis zur eigenen, zu führen. Das paßt doch nicht zusammen, meine ich, da kann man doch nicht von Friedfertigkeit sprechen.“
„Es ist nicht unsere Bestimmung, die Worte und Taten des Höchsten Persönlichen Gottes zu bewerten. Wir haben danach zu leben. Was Ihnen widersprüchlich scheint, ist Ausdruck der höchsten Weisheit Krishnas. Der Dialog der Bhagavad-gita gipfelt in dem Bekenntnis, daß menschliches Leben die erhabenste Wahrheit, die edelste Existenzform der Realität ist. Krishna treibt zur vernichtenden Schlacht, weil er entschlossen ist, auf diese Weise die gesamte Kriegerkaste mit einem Schlag sich gegenseitig austilgen zu lassen. Das ist eine radikale pazifistische Lösung, um ein goldenes Zeitalter ewigen Friedens herbeizuführen.“
„Das dann aber wohl nicht folgte“, konnte Gremm sich nicht enthalten zu kommentieren.
„O doch! Im Mahabharata ist zu lesen, in den Büchern elf bis achtzehn, daß eine langwährende Zeit des Triumphes dieser Rechtsidee, Jaga genannt, begann.“
„Nun, leider hat sie nicht ewig gedauert, diese wünschenswerte Ära“, meinte Haussmann.
„Aber sie kann erneut beginnen!“ eiferte Conrad Riemer. „Es bedarf nur einer großen Läuterung.“ Er geriet mehr und mehr in Erregung, seine Hände waren in ständiger Bewegung. „Wieder werden sieben rauchrote Sonnen wie zur Zeit des Weltunterganges am Himmel aufziehen, und die Wandelsterne werden zwischen die Hörner des Mondes treten und durcheinan-

derwirbeln. Der dunkelvertreibende Mond, der Gemahl der Vollmondnacht, wird still im Kreise der Sterne stehen und allem, was geht und steht, mit Untergang drohen. Und der Himmel, der Gott der Götter, wird Blut regnen, und es werden Brände, wie Blitze flammend, von ihm mit großem Schall niederfallen. So steht es geschrieben."

„Gut", unterbrach Haussmann die Verkündigung. „Für heute muß es genug sein."

Als die beiden Kriminalisten allein waren, sagte Gremm: „Ich werde aus dem Mann nicht schlau. Du? Ist er ein Schauspieler, der aus einer Rolle in eine andere schlüpfen kann, unvermittelt?"

„Auf alle Fälle ist er eine sehr zwiespältige Persönlichkeit."

„Wie auch immer, das letzte Zitat war ja die regelrechte Vorwegnahme eines Atomkrieges."

„Eine geradezu apokalyptische Vision", stimmte Haussmann zu. „In allen großen Religionen traten irgendwann Propheten auf, die solche Gesichte hatten. Und seit Hiroshima ist es unsere grauenhafte Wirklichkeit."

11. Krankheit eines Mädchens

„Ein Königreich für einen Stuhl", wandelte Gremm Shakespeare ab, als sie über den Flur in die Küche gingen, der ein verlockender Duft nach fremdartig gewürztem Essen entströmte.

Angela Kössel saß am Tisch und schnitt verschiedene Gemüse und Früchte klein. Sie ließ sich durch die eintretenden Kriminalisten nicht stören. Auf dem Herd kochte etwas. Einer Batterie von Holzdosen entnahm sie hin und wieder intensiv riechende Gewürze und streute sie über die zerstückelten Möhren, Porree, Äpfel, Kohlrabi, Pflaumen und Bohnen. Sie schien ein Essen für viele Personen vorzubereiten. Schließlich warf sie eine Handvoll getrockneter Blüten, die Haussmann

nicht kannte, dazu. Auf einem Teller gehäuft lagen kaffeebraune Kugeln.
„Probieren Sie mal!" Angela Kössel schaute grüßend hoch und hielt ihnen unbefangen den Teller entgegen.
„Was ist das?" fragte Dieter Gremm.
„*Gulab jamun*. Eine Süßigkeit, die wir auch Krishna opfern."
„Und was enthält sie?"
„Aus Mandelteig werden Bällchen geformt, in siedendem Öl fritiert, bis sie angebräunt sind, und dann 24 Stunden in Zuckersirup gelegt. Probieren Sie!"
„Wir sind im Dienst." Der Leutnant machte eine bedauernde Geste.
„Was heißt, Sie opfern Krishna. Was und wie?" Haussmann zeigte sich interessiert. Er hätte gern gewußt, wie die Kugeln schmeckten, fand aber Gremms Ablehnung der Situation angemessen.
„Jeder legt am Beginn eines rituellen Mahles von seiner Portion ein Häppchen für Krishna auf den Altar. Die Gulab jamun eignen sich dafür besonders. Wollen Sie wirklich nicht kosten?" Es klang enttäuscht. Frau Kössel griff jetzt in eine große Schüssel, entnahm ihr einen grobkörnigen Klumpen und fing an, Fladen auszuwalzen. Haussmann sah Getreidekörner neben einer Schrotmühle auf der Anrichte.
„Sind die Krishna-Anhänger Vegetarier?"
„Ja. Das gehört dazu. Gemüse, Obst, selbstgebackenes Brot und viele milde Gewürze. Nichts Scharfes."
„Frau Kössel", Dieter Gremm fürchtete, Sebastian würde sich zu weiteren Unterweisungen in hinduistischen Gebräuchen verführen lassen. „Heute Nacht war alles sehr schlimm für Sie. Geht es Ihnen jetzt etwas besser?"
Die junge Frau nickte.
„Das freut mich. Wir müssen Sie noch einmal mit Nachdruck fragen, wo Sie sich zur Tatzeit, zwischen 19 und 21 Uhr, aufgehalten haben."
Angela Kössel gab keine Antwort.
„Warum wollen Sie uns nicht helfen?"

„Weiß nicht." Die Bewegungen, mit denen sie den Teig bearbeitete, wurden fahrig.
„Ihre Aussage ist wichtig", sagte Gremm.
„Für wen?"
„Für uns, für unsere Ermittlungen, und natürlich auch für Sie. Ist das nicht klar?"
„Ich will nicht wissen, was wirklich geschehen ist, ich will nicht wissen, wer es war."
„Darauf können wir keine Rücksicht nehmen. Haben Sie ein Alibi?"
Frau Kössel zuckte mit den Achseln, ohne ihre Hantierungen zu unterbrechen.
„Waren Sie nicht doch schon vor 21 Uhr wieder hier im Haus? Haben Sie etwas beobachtet, was uns weiterhelfen könnte?"
Die junge Frau wich den Blicken der Kriminalisten aus. Eigentlich tat sie ihnen leid, wie sie mit ihrem offenen, ein wenig grobschlächtigen und dazu noch vom Weinen gezeichneten Gesicht und dem dicken Bauch in der ungemütlichen Küche am Tisch und gewissermaßen vor den Scherben ihres bisherigen Lebens saß.
„Na schön." Der Hauptmann beendete die vergeblichen Bemühungen Gremms um ein Alibi. „Etwas anderes. Herr Riemer hat Fräulein Galler ins Krankenhaus bringen lassen. Mit Ihrer Hilfe. Sie brauchen sich jetzt nicht zu entschuldigen, daß Sie uns gestern Abend nichts von dieser Heike erzählt haben, obgleich wir Sie nach der Eigentümerin der H-G-Taschentücher gefragt haben. Wir billigen Ihnen zu, daß Sie noch unter Schock standen. Aber nun ist dieser erste Schock überwunden. Jetzt würden wir gern von Ihnen Genaueres erfahren, und zwar die Wahrheit."
„Ja. Dazu möchte ich schon etwas sagen."
„Fangen Sie an." Er machte eine auffordernde Handbewegung.
„Vor einer Woche etwa, ich weiß jetzt nicht mehr genau, an welchem Tag, klagte Heike über gelegentliches Drücken im Bauch. Zuerst hat das keiner ernst genommen. Irgend etwas tut

ja jedem mal weh. Es wurde jedoch deutlich schlimmer, so nach drei, vier Tagen. Engelbert führte es auf eine Verdauungsstörung zurück. Du hast dir den Magen verdorben, herrschte er sie an. Er fühlte sich immer belästigt, wenn jemand von uns krank wurde, und war dann alles andere als rücksichtsvoll. Aber wenn er selber mal ein Wehwehchen hatte, dann war was los. Soviel Wehleidigkeit auf einmal kann sich keiner vorstellen. Alles drehte sich immer nur um ihn ..."
Haussmann ließ sie reden. Er gab Dieter Gremm ein Zeichen, ebenfalls nicht zu unterbrechen.
„... also Engelbert hatte sofort eine Erklärung für die Bauchschmerzen. Sie kämen nur davon, daß sie nicht vorschriftsmäßig essen würde, so wie es die Lehre verlangt, um dem Körper nichts Unreines zuzuführen. Das ist übrigens gar nicht so einfach, alle diese Gebote und Verbote einzuhalten. Sie wissen ja, was man bei uns zu kaufen kriegt und was nicht. Ein Kunststück, da nach unseren religiösen Regeln zu kochen. Vermutlich frißt du heimlich Konfekt, ziemlich viel, warf er ihr vor. Du bist in letzter Zeit ganz schön dick geworden. Ich mußte ihr einen Kräuteraufguß zubereiten. Engelbert stellte die Mischung eigenhändig zusammen. Ein bißchen verstand er was von Naturheilkunde. Unsere Kräutersammlung ist reichhaltig, dort drüben in den Fächern hinter Ihnen, in der Anrichte. Alles selbst gepflückt. Früher war da noch anderes drin, das hat er aber vorsichtshalber vor einiger Zeit weggeschmissen. Stechapfelblätter und Cannabis, so 'n Zeug für Rauschzustände bei der Meditation. Den Hasch hat er selber angebaut, in unserem Garten. Aber, wie gesagt, das liegt schon eine Weile zurück. Er bekam es nämlich mit der Angst zu tun, als ein Junge, der hier mal mitgemacht hat, auf dem Heimweg zusammenbrach. Er mußte ein paar Tage im Krankenhaus behandelt werden. Zum Glück kam die Ursache nie heraus ... Der Tee half aber bei Heike nicht, und ich schlug ihr vor, endlich zum Arzt zu gehen. Engelbert stellte sich jedoch energisch dagegen. Die Mediziner seien alle Quacksalber, mit ihren Tabletten würden sie die Patienten systematisch vergiften. Heike habe eine starke Natur und vor allem habe sie Krishna. Du hast

doch Vertrauen zu Krishna – und zu mir, nicht wahr? beschwor er sie. Heike entgegnete eingeschüchtert: Vielleicht ist es aber der Blinddarm. Unsinn, erwiderte Engelbert, du sagst doch, es täte links weh, und der Blinddarm liegt rechts. Heike ging es von Tag zu Tag schlechter. Engelbert blieb dabei, sie hätte nur eine Verdauungsstörung. Jedesmal, wenn du bei deinen Eltern übernachtest, wer weiß, was du da alles in dich hineinstopfst. Das war eine Gemeinheit. Niemand außer vielleicht noch Cori befolgt die Vorschriften so streng wie Heike. Sie lebt wirklich echt im Krishna-Bewußtsein ... leider, mein Pech. Weil Engelbert eben doch ganz schön darauf abfuhr. Heike sagte: Zu Hause, da eß ich fast gar nichts, da reicht es mir, wenn ich die vorwurfsvollen Gesichter sehe. Engelbert darauf: Wenn du nichts ißt, wieso ist dann dein Busen plötzlich so üppig, kommt das vielleicht vom Fasten? Und Heike, das dumme Schaf, antwortet doch tatsächlich: Ich weiß nicht. Und ich glaube fast, sie wußte es wirklich noch nicht. Ich allerdings wußte, warum ihre Brüste plötzlich so verändert waren, wir sahen uns ja hin und wieder nackt im Badezimmer. Und wenn Engelbert erkannte, was da passiert war, würde er sie wie eine heiße Kartoffel fallenlassen, und sie, sie würde in einen Abgrund stürzen. Engelbert war ihr erster und einziger Mann. Statt Eifersucht empfand ich Mitleid mit ihr. Ich konnte nicht mehr schweigen. Ich mischte mich ein und schrie: Weil sie auch schwanger ist! Engelbert, der erst ganz rot und dann ganz bleich wurde, fragte: Du nimmst doch die Pille? Darauf Heike: Ich hab noch nie die Pille genommen, ich dachte, du weißt das. Engelbert raste. Heike lernte ihn nun zum erstenmal so kennen, wie ich ihn schon lange kannte. Mit ihr lebte er ja gewissermaßen noch wie in den Flitterwochen." Sie seufzte tief auf. „Heike wandte verängstigt ein, daß ihre Periode regelmäßig sei. Ich bin nicht schwanger, beharrte sie. Vielleicht glaubte sie es wirklich. Aber Engelbert war ja nicht ganz unerfahren. Von seinem inzwischen sechsjährigen Kind, das mit der Mutter in Leipzig lebt, habe ich Ihnen schon erzählt. Meine eigene Schwangerschaft hat er mit allen Veränderungen an meinem Körper miterlebt. Erstaunlich, daß er nicht gleich begriffen hat, was mit Heike los war. Er war halt ein Egoist, der nur sich selber sah. Vielleicht wünschte sich Heike ein Kind von ihm, genau wie ich. Ich weiß es nicht. Für sie hat die Krishna-Lehre eine ganz andere Bedeutung als für mich ... Ich weiß nicht ... wenn ich Ihnen jetzt etwas sage, einen Verdacht äußere, den ich seit Tagen habe, vielleicht tue ich Engelbert damit Unrecht. Er ist tot und kann sich nicht mehr verteidigen. Und kein Mensch wird je dahinterkommen, wie weit der Verdacht zutrifft. Eben ein Verdacht, eine Vermutung."

Sie stockte. Haussmann redete ihr gut zu. „Wir verstehen, daß es Ihnen schwerfällt, darüber zu sprechen. Aber sie sollten uns alles sagen."

„Ich fühle mich ganz elend, wenn ich das denke ... Ob Engelbert, als er so entschieden dagegen war, daß Heike einen Arzt aufsucht, eventuell gehofft hat, daß die Erkrankung zu einem Abbruch der Schwangerschaft führen würde ... Heikes Schmerzen wurden immer heftiger, die Tees und Wärme halfen nichts. Engelbert chantete mit ihr, las ihr aus den Büchern passende Stellen vor und betonte ständig, daß sie sich in sich selbst versenken müsse, daß sie mit Yoga die Erkrankung überwinden würde. Ob er tatsächlich glaubte, was er ihr riet? Oder ob das mit Heike für ihn nur ein Experiment war? Aus Indien werden ja derartige Wunderdinge berichtet ... Gestern nun spitzte sich alles zu. Heike lag von frühmorgens an zusammengekrümmt auf der Matte und wimmerte. Hin und wieder schrie sie auf. Schließlich sank sie in eine beängstigende Regungslosigkeit. Ich wischte ihr den Schweiß von der Stirn. Engelbert stand im Zimmer herum und unternahm nichts. Am Nachmittag endlich raffte er sich auf und verließ das Haus. Ich glaubte, er hole Hilfe. Nach einer Weile kam er zurück. Vera hat keine Zeit für mich, sagte er enttäuscht und verzweifelt. Zu diesem Zeitpunkt etwa fiel Heike in Bewußtlosigkeit und ihr Gesicht wurde ganz grau. Mich packte wahnsinnige Angst. Tu etwas! schrie ich Engelbert an. Er blieb wie erstarrt an der Tür stehen. Da erschien, Gott sei Dank, Cori. Er schob sich an Engelbert vorbei, blickte auf Heike und fragte tonlos: Ist sie gestorben? Nein, schrie ich, hol Hilfe! Cori

eilte so schnell, wie es eben mit seinem Bein geht, aus dem Zimmer, und dann kam bald der Rettungswagen."
Angela Kössel war von den erneut durchlebten Ereignissen so aufgewühlt, daß es geraume Zeit dauerte, bis die Erregung abklang und sie ruhiger atmen konnte.
„Und weiter?" fragte Dieter Gremm.
„Ich ging mit Cori kurz nach sechs zum Krankenhaus, um für Heike das Notwendigste abzugeben, Bademantel, Nachthemd, Zahnbürste. Wir warteten dann noch, bis uns Dr. Marborn sagen konnte, daß Heike die Operation erst einmal überstanden hatte. Wissen Sie schon Näheres?"
„Sie liegt weiterhin auf der Intensivstation, es ist noch immer ungewiß. Und als Sie das Krankenhaus verließen, gingen Sie . . ."
Der Leutnant brach den Satz ab, um ihr Gelegenheit zu bieten, ihn zu ergänzen. Doch Angela Kössel nahm den Satz nicht auf. Nach mehr als einer halben Minute sagte sie:
„Sie wissen ja, wann ich hier am Haus eingetroffen bin."
Haussmann erwiderte verärgert: „Eben nicht! Frau Kössel, Sie machen sich zunehmend verdächtig, wenn Sie uns weiterhin verheimlichen, wo Sie die Zeit von 19 bis 21 Uhr 40 verbracht haben."
Die junge Frau schaute Haussmann mit großen Augen an, die sich mit Tränen füllten, und nahm dann mit trotzigem Schweigen ihre Küchenarbeit wieder auf.

12. Lepanon

Es war inzwischen nach vierzehn Uhr. Haussmann und Gremm trafen Dr. Marborn in der Personalkantine des Krankenhauses. Als der Chirurg seine späte Mittagsmahlzeit beendet hatte, bat er sie in sein Ordinationszimmer.
„Herr Dr. Marborn", begann Haussmann und schaute auf seine Armbanduhr, „wie geht es der Patientin Galler?"
„Den Umständen entsprechend zufriedenstellend. Wenn sie weitere Fortschritte macht, können wir sie in einigen Tagen

von der Intensivstation in ein normales Krankenzimmer verlegen."
„Erfreulich." Haussmann blickte erneut auf seine Uhr. Gremm fragte sich: Will er den Arzt nervös machen oder ist er selber nervös, weil der Anruf mit dem abschließenden Laborergebnis aussteht?
„Sie können sich denken", sagte der Hauptmann, „daß uns jetzt, um diese Stunde, das Resultat der Obduktion vorliegt."
Der Arzt nickte. „Sicher, ewig dauert so etwas nicht."
„Nun", meinte Haussmann, „Sie wissen, wie bei einer forensischen Untersuchung vorgegangen wird."
„Durchaus."
„Dann wird es Sie nicht überraschen, daß die Autopsie einen weiteren Befund zutage gefördert hat."
Haussmann wie Gremm beobachteten gespannt das Mienenspiel des Mediziners. Es verriet keine Regung. Nach einer Pause fragte er: „So? Was denn?"
„Den Einstich einer Kanüle."
„Tatsächlich?"
„Warum haben Sie heute nacht nichts davon erwähnt?"
„So genau wie in der Gerichtsmedizin habe ich die Leiche natürlich nicht inspiziert."
„Haben *Sie* Herrn Radtke eine Spritze gegeben?"
„Sie nehmen an, ich hätte dem Toten eine Spritze gegeben?"
„Selbstverständlich nicht dem Toten. Vorher, irgendwann vorher, als er noch lebte."
„Unsinn! Ich habe Herrn Radtke gestern erst abends gesehen, gegen drei Viertel zehn, in der Badewanne, als er bereits tot war."
Haussmann ließ sich nicht irritieren. „Dr. Marborn, ich vernehme Sie zu einem Tötungsverbrechen. Ich brauche Sie doch wohl nicht über Ihre gesetzliche Aussagepflicht zu belehren, die in diesem Falle die ärztliche Schweigepflicht aufhebt. Was haben Sie Herrn Radtke gespritzt, als Sie gegen 19 Uhr 45 ein erstes Mal in dem Haus waren? Und warum? Es gibt Zeugen, Sie wurden gesehen."

„Ich habe – nur soweit stimmt das – zu der genannten Zeit dort geklingelt. Es wurde jedoch nicht geöffnet. Ich kann also Herrn Radtke nichts gegeben haben."
„Wer dann?" fragte Gremm.
„Das weiß ich nicht. Herr Radtke war ebensowenig mein Patient wie seine Frau."
„Ihr Hausbesuche-Journal enthält Eintragungen über die gestern verordneten und verabreichten Beruhigungsmittel, Patientennamen, Diagnosen, Menge, Uhrzeit?" fragte der Leutnant weiter.
„Es handelt sich also um ein Beruhigungsmittel. Aha." Der Arzt sah Gremm sehr aufmerksam an. „Jedenfalls werden Sie keine Eintragung zu Herrn Radtke in meinen Unterlagen finden. Ich habe natürlich Patienten, denen ich ab und an auch bei Hausbesuchen Beruhigungsmittel gebe. Bitte, überzeugen Sie sich." Er nahm ein Heft vom Schreibtisch und reichte es Haussmann.
Wie vorherzusehen, enthielten die letzten beschriebenen Seiten keine Notiz über Herrn Radtke.
Dem Hauptmann fiel beim Durchblättern jedoch auf, daß ein Medikament, Lepanon, mit dem Zusatz „i.v." häufig vermerkt war. „Ist Lepanon ein Beruhigungsmittel?" wandte er sich an den Chirurgen.
„Ja, ein noch neueres Präparat, mit dem ich sehr gute Erfahrungen gemacht habe."
„Ich entnehme Ihren Aufzeichnungen, daß man dieses Lepanon intravenös gibt?"
Wieder zeigte sich die erhöhte Aufmerksamkeit in Marborns Blick.
„Man kann es auch intramuskulär spritzen oder in Tablettenform verabfolgen. Ich bevorzuge die intravenöse Anwendung. Wegen der schnelleren Wirkung. Im übrigen stimmt der Verbrauch meiner mitgeführten Medikamente mit den Eintragungen exakt überein."
„Etwas anderes haben wir auch nicht erwartet." Für Haussmann war der Verdacht nicht entkräftet, daß der Arzt den Guru angetroffen und das Mittel injiziert hatte. Denn wer

sonst kam in Frage? Angela Kössel hatte ausgesagt, daß Radtke nur für kurze Zeit abwesend war, um Vera Berger aufzusuchen. Um 18 Uhr 15 hatten Angela Kössel und Conrad Riemer das Haus verlassen. Zwischen diesem Zeitpunkt und der Beobachtung der Nachbarsfrau lagen gute 1 1/2 Stunden. Herr Radtke hätte also durchaus das Krankenhaus oder eine Friedrichshagener ambulante Praxis aufsuchen können. In der Klinik wäre er sehr wahrscheinlich Frau Kössel und Riemer begegnet, die bis 19 Uhr in der Eingangshalle auf das Resultat der Operation warteten. In allen Friedrichshagener Arztpraxen, in denen am Vortag eine Spätsprechstunde stattgefunden hatte, mußte sicherheitshalber nachgefragt werden.
„Sie bleiben also dabei, Herr Dr. Marborn, kurz vor 20 Uhr niemand angetroffen zu haben?"
„Das ist richtig."
In diesem Augenblick wurde der Leutnant von einer Krankenschwester ans Telefon gerufen. Haussmann schob Dieter Gremm einen Zettel zu mit der eilig hingeworfenen Notiz, in den Arztpraxen nachforschen zu lassen. Der Hauptmann und der Mediziner schwiegen. Sie schauten aneinander vorbei. Als Gremm nach wenigen Minuten zurückkehrte, gab er Haussmann ein Blatt Papier, auf dem der Name des Beruhigungsmittels, Lepanon, und die Information stand: Menge nicht letal, aber alle Reaktionen stark dämpfend. Zeitraum der Applizierung frühestens eine Stunde vor Eintritt des Todes. Todesursache ausschließlich Erstickung.
„Ich erfahre gerade, das Herrn Radtke gespritzte Präparat war Lepanon."
„Gibt das zu irgendwelchen Vermutungen Anlaß?"
„Nicht die Substanz, sondern . . ."
„Sondern?"
„Das wissen Sie besser als ich, Dr. Marborn."
„Sie meinen, die intravenöse Verabreichung beweise . . .?"
„Intravenös, intramuskulär, als Tabletten, als Zäpfchen. Das ist nicht das Problem."
„Ist das Medikament die Todesursache?" Dr. Marborns Hände begannen zu zittern. Als er gewahr wurde, daß der

Hauptmann ihm auf die Hände starrte, legte er sie fest auf die Tischplatte.
„Wer spricht davon? Und was gibt es darüber zu diskutieren? Entweder Sie helfen uns oder nicht. Im letzteren Falle mit allen Konsequenzen für Sie. Haben Sie Herrn Radtke die Spritze gegeben, ja oder nein?"
„Ich protestiere gegen Ihre Unterstellung."
„Ich wiederhole: Haben Sie Herrn Radtke die Spritze gegeben? Antworten Sie nur mit ‚Ja' oder ‚Nein'."
„Nein!"
Haussmann erhob sich. Gremm folgte ihm. „Gehen wir, Genosse Hauptmann?" Vor Dritten galt Förmlichkeit.
„Noch nicht. Herr Dr. Marborn, ist es möglich, Heike Galler zu sehen? Ich meine, mit ihr zu reden?"
Der Arzt stand ebenfalls auf und steckte die Hände in die Kitteltaschen.
„Vielleicht. Ich muß erst nachsehen. Es ist unwahrscheinlich, daß sie schon Fragen beantworten kann."

13. Fieberträume

Bilder . . . Bilder . . . Bilder . . .
Sie nähern sich, werden zum Wirbel und lösen sich auf . . . Sie sind ganz weit entfernt, Irrlichter im Hintergrund, fast ist nichts zu erkennen . . . eines rückt wogend heran, wird groß und größer und deutlich, ein Tosen begleitet es, es umflutet – ja wen? mich? wer bin ich? Und zieht sich ganz schnell zurück, fällt in sich zusammen, verschwindet in einem Punkt in der Unendlichkeit . . . und Ruhe – nein, schon ist das nächste dabei, sich heranzubewegen – und wieder . . . ja was? Und eine sanfte Musik begleitet es. Wie schön, wie harmonisch, voller Glückseligkeit . . . nein, nein . . . warum schon wieder dieses Tosen, warum verweilst du nicht, schönes Bild, in dessen ruhig schwingender Mitte ich schwebe, weich in der Luft ausgestreckt, von nichts berührt, und gleite, gleite in die Tiefe des Raumes . . .
Das ist doch mein Kinderzimmer . . . die Sonne scheint auf

den kleinen Tisch, an dem ich gemalt habe ... mein Teddybär ... ach wie weich ist dein Fell ... es gibt heute Götterspeise ... weißt du, Mutti, daß es meine Lieblingsspeise ist ... wenn du brav bist, Heike, gibt es Götterspeise zur Belohnung ... ich will immer brav sein, Mutti ... warum bist du plötzlich so fern, Teddybär – wohin entfliehst du ...

... Es ist laut um mich, ich kann das nicht ertragen ... wir singen so laut ... immer singen und singen wir. Wir sind die Junge Garde, ich laufe und laufe, alles um mich herum läuft, wir laufen alle, und aus tausend Lautsprechern singt es mit uns: Wir sind die Junge Garde ... es ist mein Blauer Traum ... er kommt immer wieder ... laut, so laut. Was rufen wir, was? Nieder mit Pinochet! Und plötzlich wird das Tosen ein Kreischen, das mich um und um wirbelt ... nach und nach verrieselt das blaue Bild ... das Glucksen eines Bächleins ist nur noch zu hören und ich fühle mich ganz leicht ... ich will immer brav sein, Mutti ... nein, ich habe nichts mit Jungs, warum fragst du so böse, warum glaubst du mir nicht, du hast ganz blaue Haare ...

... Wieso hast du blaue Haare, lieber Herr Jesus? Warum kommt Ihr von allen Seiten, von vorn, von rechts und links, von hinten ... Wir wollen beten ... Vater unser, der du bist ... nein, ich lege die Plakette nicht ab, Herr Direktor, Schwerter müssen Pflugschare werden ... oh, wie schön ist die Orgelmusik, ich löse mich auf in ihrem Rauschen, ich zerbreche ganz sanft in lauter kleine Teile ... alle sind ich ... ich fliege in unzählbarer Vielfalt durch das Weltall ... aber du, o Jesulein süß mit den blauen Haaren, nein, jetzt sind sie orange ... die Sonne blendet ... warum läufst du vor mir fort, warum schlüpfst du in den winzigen Fleck in der Unendlichkeit und läßt mich einsam zurück ... dahinten marschieren schon wieder blaue Fahnen, aber sie schrumpfen, werden zu einer schwarzen Schnur mit vielen Knoten, die in den Fleck hineingerissen wird, blitzschnell ... ich will immer brav sein, Mutti ... nein, ich habe nichts mit Jungs ... (hab ich aber doch, ein einziges Mal, er hat mir an die Brüste gefaßt, nach der Andacht, gleich hinter der Kirche) ...

... Krishna, oh, daß du da bist. Hörst du die Flöten ... ich höre sie, und das weiche bumm, bumm der Handtrommeln, immerzu, wie meinen Herzschlag ... du hast dich in dein weißes Gewand gehüllt, du bist wie eine Wolke und kommst immer näher, zu mir, zu mir, deiner Gopi ... jetzt bist du wieder ganz fern ... nein, du wirst größer und größer und schwebst heran und faßt mich an der Hand ... Ich will immer brav sein, Mutti, und für alle Zeit Krishna folgen ... warum erlaubst du nicht, daß ich Krishna liebe ... laß meine Hand nicht los, Krishna, ich bitte dich, ich bitte dich ... ich geh nicht mehr zurück in die Einsamkeit ... halte meine Hand ... sind wir im Nirvana .....?

„Der Puls ist noch sehr schwach." Dr. Marborn legte den Arm des Mädchens zurück.
„Es hat wirklich keinen Sinn", sagte Haussmann. „Unsere Worte erreichen sie nicht. Wir wollen ihr nicht schaden. – Ein sympathisches Gesicht."
„Hoffentlich schafft sie's." Dieter Gremm schaute von der Tür aus zurück. „Unglaublich, was dieser Radtke angerichtet hat."

14. Ansichten eines alten Herren

„Nun zu Conrad Riemers Alibi", sagte der Hauptmann, als sie das Krankenhaus verließen. „Es ist kurz vor drei. Wir fahren zusammen zum Kino."
Zur Überraschung der Kriminalisten stimmten die beiden Filmtheaterdamen, die Kassiererin und die Platzanweiserin, darin überein, daß Riemer die Vorstellung nicht besucht hatte. Es gab nur wenige Zuschauer am vergangenen Abend, der Film lief schon seit fast einer Woche. Den jungen Mann, der zu ihrem Stammpublikum gehörte und mit seinem kahlen Schädel nicht zu verwechseln war, würden sie mit Sicherheit bemerkt haben. Eigentlich, so meinte die Platzanweiserin, hätte ihre Tätigkeit in dem meist schlecht besuchten Haus et-

was Bedrückendes. Aber sie sähen ihre Aufgabe gewissermaßen in dem Dienst an solch einsamen Menschen wie ihn, der, soweit sie sich erinnern könnten, nie in Begleitung erschienen sei. Ihre besondere Freude wären aber die Kindervorstellungen. Diese vor Begeisterung leuchtenden Augen und die fröhliche Unruhe im Saal.
Ob nicht die Tätigkeit dieser beiden Frauen, dem Aussehen nach bereits Rentnerinnen, auch eine Flucht vor der Einsamkeit des „wohlverdienten Ruhestandes" ist, fragte sich Haussmann. Sie liefen die etwa 200 Meter zum Friedrichshagener Revier, vor dem sie ihren Wagen geparkt hatten.
„Der Mann der Erleuchtung." Haussmann wirkte nachdenklich. „Ohne Alibi müssen wir ihn jetzt in ganz anderem Licht sehen. Ich könnte mir vorstellen, daß von seiner Seite eine starke innere Bindung zu dem Mädchen besteht, wohl so etwas wie ‚Heimliche Liebe'. Er hat sie als erster kennengelernt. Und nun löst sich das erotisch attraktive, für ihn unerreichbare Mädchen aus der Seelenfreundschaft zu ihm und unterwirft sich den religiös getarnten sexuellen Forderungen des Guru. Riemer selbst scheint ja, sagen wir ruhig so, etwas verklemmt. Um so mehr muß den wahrscheinlich sehr sensiblen jungen Mann getroffen haben, was der Guru dem Mädchen angetan hat. Kein Alibi und ein Motiv. Wir fahren sofort zum Friedhof."
Gremm schloß den Wagen auf. „Moment, Sebastian. Ich rufe schnell noch im Labor an, ob das Resultat der Taschentücheruntersuchung schon vorliegt." Er eilte die Stufen zum Eingang des Reviers hinauf.
Der Leutnant erhielt die Information, daß die Nasenschleime in beiden Proben von ein und derselben Person stammten. Das Verfahren zur Identifizierung durch Blutgruppenbestimmung mit einer viel feineren Unterteilung, als sie dem Laien bekannt ist, der etwas von A, B, AB und Null und den Rhesusfaktoren weiß, ist seit längerem auch bei anderen Körperflüssigkeiten anwendbar. Die Benutzerin des vor der Badewanne gefundenen Taschentuches war eindeutig Angela Kössel.
„Vielleicht haben die den Radtke zu dritt erledigt."

„Keine voreiligen Schlüsse“, bremste Haussmann. „Zu dieser, zu keiner Hypothese gibt es bisher Beweise oder ein Geständnis. – Jeder der Verdächtigen macht uns etwas vor.“

Coris Zimmer wirkte dürftig. Es war eine Kammer über dem Schuppen für die Gartengeräte. Sie enthielt nur einen Kanonenofen und eine Schlafmatte. Seine geringfügige Habe, die Kleidung, etwas Geschirr und Küchenutensilien, waren in einem Schrank, dessen Türen halb offen standen, auf dem Treppenabsatz untergebracht. Von den Wänden des kleinen Raumes herab schauten die Porträts bedeutender Swamis und Srilas aus Indien oder den USA. Dazwischen hing ein Poster des Sri-Sri-Radha-Friedenstempels in New York, der zentralen Kultstätte der Sekte. Unter den Bildern standen erläuternde Texte. Das Zimmer war eher eine Zelle, Refugium eines Asketen.
Die beiden Kriminalisten schauten interessiert von der Schwelle aus in den Raum hinein. Sie hatten sich von der Friedhofsverwaltung dorthin weisen lassen. Als auf ihr Klopfen niemand antwortete, hatte Dieter Gremm auf die Klinke gedrückt und die Tür unverschlossen gefunden.
„Tatsächlich, man kann auch so leben“, meinte er mit leichtem Kopfschütteln, als er die Tür wieder zuzog. Sie stiegen die schmale Treppe hinab und gingen zur Verwaltung zurück. Ein freundlicher kleiner Herr, dessen Körperhaltung das Bemühen verriet, den verwachsenen Rücken zu verbergen, überlegte, in welchem Bereich des ausgedehnten Geländes der junge Mann vielleicht noch an der Arbeit sein könnte.
„Kriminalpolizei“, sagte er sinnend und strich seinen schneeweißen Spitzbart. „Was hat Conrad mit der Kriminalpolizei zu tun?“
„Einige Routinefragen“, gab ihm Gremm die formelhafte, nichtssagende Auskunft. „Im Zusammenhang mit Ermittlungen. Vielleicht kann er uns mit ein paar Auskünften helfen.“
„Sie untersuchen den Tod des sogenannten Guru?“
„Ja. Wissen Sie etwas darüber?“
„Nein, nein.“ Ein schneller abschätzender Blick traf Hauss-

mann, dann Gremm. „Im Ort ist bloß viel Gerede. Nein“, wiederholte er, „ich weiß davon nichts.“

„Wie lange lebt Herr Riemer schon hier?“

„Wie lange? Nun, drei Jahre etwa. Er ist ein lieber Kerl, unser Conrad. Eigentlich ein armseliges, unglückliches Menschenkind. Wir haben ihn gern. Er ist so fleißig und von einer Genügsamkeit, wie sie dem Urchristentum eigen war, dem wahren Christentum. Schade, daß er nicht unserem Glauben zugehört. Er hat doch nichts mit diesem Unglücksfall – die Leute munkeln sogar was von Mord – zu tun?“

„Wir überprüfen routinemäßig alle, die mit dem Toten näher zu tun hatten“, sagte Haussmann. Er erkannte die Chance, etwas mehr über den jungen Mann zu erfahren. Der alte Herr schien an einem Gespräch interessiert. Er war distinguiert gekleidet, der schwarze Anzug zeigte allerdings an den Ärmeln Spuren langjähriger Nutzung. „Wir können ihn, seine Persönlichkeitsstruktur, nicht einordnen.“

„Kann man das überhaupt? Meinen Sie, daß man den Charakter, das Individuum, richtiger: das Individuelle, in Schubkästen sortieren kann? Ich glaube, man darf das nicht, ja man sollte es nicht einmal versuchen.“

„Hm“, Haussmann suchte nach einer Entgegnung. Ihm fehlte die Zeit für einen philosophischen Disput. „Wir gehen berufsbedingt sicherlich von anderen Prämissen aus. Wir müssen die Motivationen von Menschen, von Tätern erhellen.“

„Ist Conrad ein Täter, also ein Tatmensch“, ging ihr Gesprächspartner darauf ein, „wie sagt man in anderen Betrieben, nicht gerade hier auf dem Gottesacker, ein Aktivist?“

„Ob jemand ein Täter, der Täter ist oder war, entscheidet das Gericht nach Prüfung aller Beweise und Umstände“, versuchte Haussmann abzuschwächen. „Wir haben zu ermitteln.“

Die Formulierung „Täter“, die ihm unterlaufen war, erwies sich jedoch als fruchtbringender Anstoß.

„Nun ja, nun ja.“ Der alte Herr lächelte. „Lassen Sie mich diesen Gedanken, soweit es Conrad betrifft, zu Ende führen. Conrad ist hilfsbedürftig. Er sucht den Starken, an den er sich anlehnen kann. Dem er bedingungslos folgen und vertrauen kann. Für den er sich aufopfert. Ja, Conrad ist aufopferungsbereit, man kann schon sagen, aufopferungsselig. Ein Märtyrertyp. In der Selbstaufgabe, das halte ich für psychologisch interessant, wird so ein Mensch die Verantwortung für unsere Welt mit ihren vielen Schwierigkeiten los, mit ihrem unlösbaren Problem der Schuld. Er lebt in einer Welt, für deren desolaten Zustand er sich verantwortlich fühlt. Da er diese Verantwortung aber nicht tragen kann, folgt er bedingungslos einem anderen, der solcher Last anscheinend gewachsen ist. Dieser Guru – ich mochte ihn nicht so sehr – war in der Uneingeschränktheit seines Wollens einer von den vermeintlich Starken, wie sie Conrad suchte. Wir hier auf dem Friedhof konnten es für ihn nicht sein, unsere Stärke ist anderswo zu suchen."

„Woher hat er das steife Bein?" fragte Gremm unvermittelt. Er erinnerte sich, daß Riemer etwas von einem Unfall angedeutet hatte.

„Conrad, ich muß mich wiederholen, ist äußerlich gesehen, ein unglückliches Geschöpf. Er hat seine Geschichte. Natürlich. Wie wir alle. Wer hätte keine . . . Aus wohlbehütetem Elternhaus stammend, verletzlich, wie ich schon sagte, an der Welt leidend und verzweifelnd, wurde er zum Wehrdienstverweigerer, mit aller Konsequenz, auch was den möglichen Spatendienst betraf. So gesehen, verfügt er über eine nicht zu leugnende Stärke, über Kraft nach innen und außen. Er ist voller Widersprüche, wie ja wohl jeder von uns. Nach Verbüßung einer Haftstrafe unternahm er einen Fluchtversuch an der Mauer. Er wurde angeschossen, am Knie getroffen, und landete nach erneuter Haft bei uns. Das ist eigentlich schon alles. – Traurig, sehr traurig. – Wenn Sie ihn gefunden haben, steht Ihnen das Büro hier zur Verfügung. Für die Routineermittlungen." Der schnelle abschätzende Blick huschte diesmal nur über das Gesicht des Leutnants, der während des Berichtes des alten Herren hin und wieder Regungen von Unmut nicht hatte unterdrücken können.

15. Der neue Guru

Conrad Riemer entfernte den wuchernden Efeu, der eine verwahrloste Familienbegräbnisstätte im ältesten Teil des Friedhofes zudeckte. Er schnitt einen der verholzten, strangartigen Zweige durch und riß an beiden Enden, so daß er dabei das Geflecht aus Ranken und Blättern nach zwei Seiten zugleich vom Untergrund löste. Nach und nach legte er so einen herrschaftlichen Ort letzter Ruhe aus schwarzem Marmor frei. Man hatte ihn an dieser Stelle vermutet und schließlich eine Angabe gefunden, die die genauen Koordinaten lieferte. Stadtrat und Kirche hatten sich zusammengetan, um einzelne historisch oder kulturgeschichtlich wertvolle Grabstätten als Denkmale wiederherrichten zu lassen.

In dem Maße, wie Cori vordrang, nahm sein Interesse an der Ruhestätte einer längst verblichenen Sippe zu. Vor ihm erstreckten sich schwarze, von humusreicher Erde verschmierte Platten flach über dem Niveau der Umgebung. Er zählte zehn, immer zu zweit nebeneinander angeordnet. Als er Wasser darüber spülte, erkannte er auf neun von ihnen einen eingelassenen, noch teilweise golden ausgelegten Palmenzweig. Die Einmeißelungen auf der großen, von zwei Säulen flankierten Wandfläche waren es jedoch, die den stadthistorischen Wert ausmachten. Sie lauteten: „ Dem HERRN in seiner Güte und seinem unerforschlichen Ratschluß hat es gefallen, während der großen Choleraepidemie von 18 . . zu sich zu rufen . . .“ Und nun folgten mit Sterbedaten innerhalb von nur vier Monaten ein Ehepaar, augenscheinlich die Großeltern, der Patriarch der Familie mit der stolzen Standesbezeichnung „Handelsherr“, dann die Eltern, der Vater ein noch heute nicht vergessener Professor der Inneren Medizin an der Charité, dem sein Können und das seiner Fachkollegen nicht geholfen hatte, und schließlich die Vornamen ihrer fünf Kinder im Alter von einundzwanzig bis zu vier Jahren. Ob die freigebliebene zehnte Marmorplatte auf ein überlebendes Kind hinwies oder nur der Symmetrie halber vorhanden war, wer möchte es wissen? Selbst im damals von der Großstadt weit entfernten Luisenhagen, wohin man vielleicht in ein Landhaus geflohen war, hatte die Seuche sie eingeholt. Cori verweilte mit seinen Gedanken. Gemeinhin ließ er sich nicht von dieser Örtlichkeit, die sein Arbeitsplatz war, zu philosophischen Betrachtungen über die Vergänglichkeit menschlichen Daseins anregen. Er verachtete den europäischen Totenkult. Auf dem Wege zur Erleuchtung wechselte man von einer Hülle in eine andere, wenn man starb, in extremen Fällen 2 800 000 mal, ehe man die letzte Stufe erklommen hatte und ins erstrebte Nirvana einging. Wäre es nicht wegen des staatlich geforderten Nachweises regelmäßiger Arbeit gewesen und wegen der Notwendigkeit, für ein Minimum an Einkommen zu sorgen, Cori hätte auf diese Tätigkeit ausgerechnet auf einem konfessionellen Friedhof verzichtet. Die Erinnerungstafel für die Toten, vor allem das Alter der zweitgenannten Tochter, neunzehn, lenkte seine Gedanken zurück zu Heike Galler.

Er war am Morgen zum Krankenhaus gelaufen. Das Mädchen würde gerettet werden. War das ein Fingerzeig? War denn das, was sich in den modernen Schriften der Internationalen Gesellschaft für Krishna-Bewußtsein fand, noch die originäre Lehre? Hatten fünftausend Jahre der Überlieferung und jeweils zeitbedingten Auslegung nicht Fehldeutungen und Verzerrungen in die Texte eingeschleust? War die von Engelbert verbreitete Verkündung vielleicht ein Irrweg? Gab es wirklich eine eindeutige Stelle in der ihnen zugänglichen Literatur, die ärztliche Hilfe bei Krankheit verbot? Er hatte sich gestern, um Heike zu retten, mit all seiner Willenskraft gegen Engelbert aufgelehnt. Nun, der war tot. Auf dem langen Weg von Schuld und Sühne hatte er die Erscheinung seiner Existenz gewechselt. Im Augenblick gab es keinen Guru. Aber brauchte die Gemeinde nicht ein Oberhaupt? Wer sollte die Lehre jetzt übermitteln? Cori fühlte, wie etwas von ihm Besitz ergriff und ihn mit sich fortriß. Eine große Kraft hatte ihn von allen Seiten durchdrungen, seinen Blick auf ein Ziel gerichtet, dessen Glanz am Horizont er wohl bemerkt, aber nicht zu deuten vermocht hatte. Nun aber offenbarte sich ihm: Er war erwählt, der neue Guru zu werden. Sein Karma, sein unausweichliches Schicksal lag ausgebreitet vor ihm: Er war der neue Guru!

Haussmann zog seinen Pocket-Rekorder aus der Jackentasche und legte ihn auf den Schreibtisch. Sie saßen im „Verkaufsraum“ der Friedhofsverwaltung, der Hauptmann hinter dem Schreibtisch, Leutnant Gremm und Conrad Riemer auf Besucherstühlen, als wollten sie sich um den Erwerb einer Grabstelle für einen Verstorbenen bemühen.
„Herr Riemer, legen Sie uns bitte noch einmal Ihr Alibi dar. Wir nehmen unser Gespräch auf Band auf.“
Der junge Mann protestierte nicht. Er sah an den beiden Kriminalisten vorbei in eine unbestimmte Ferne. Sein Blick war nicht mehr flackernd, sondern von einer auffälligen Starrheit, seine Pupillen geweitet, als hätte man ihm Belladonna in die Augen geträufelt. Es waren und blieben Polizisten, die ihm gegenübersaßen, ungeachtet der sportlichen sommerlichen Anzüge. Polizisten und Gurus lebten in verschiedenen Welten, sie stellten einen Widerspruch dar. Vorsicht war angeraten.
„Es gibt nichts zu wiederholen. Ich habe schon zweimal alles beschrieben. Vom Krankenhaus ging ich hierher und war einige Zeit in meinem Zimmer. Dann besuchte ich die Abendvorstellung des Friedrichshagener Kinos. Ich verließ sie vorzeitig, um bei Angela Kössel Abendbrot zu essen. Dort wurde ich von Ihren Kollegen in Empfang genommen und festgehalten. Die Zeugen für die Stationen meines jeweiligen Aufenthaltes habe ich genannt. Meinetwegen können Sie alles aufzeichnen, ich habe nichts zu verbergen.“
„Von den benannten Zeugen hat Sie nur keiner gesehen“, sagte Dieter Gremm, erhob sich und stellte seinen Stuhl an die Seite des Schreibtisches, so daß auch er Riemer beobachten konnte.
„Unwesentlich“, erwiderte Cori mit einer rätselhaften Logik. „*Ich* habe die Zeugen gesehen.“
„Das nützt Ihnen fur Ihr Alibi leider gar nichts, Herr Riemer“, stellte Gremm fest, „nicht Sie müssen die Zeugen gesehen ha-

ben, die Zeugen müssen Sie erkannt haben und das bestätigen. Sonst ist das nämlich kein Alibi."

„Für die Zeugen ist es wichtiger, daß ich sie gesehen habe. Vishnus Gnade hat sie getroffen, so wie im Augenblick sie."

Haussmann und Gremm sahen sich verblüfft an, bis ihnen der vermutliche Sinn dieser Äußerung aufging. Der Hauptmann war zunächst unschlüssig, wie er unter diesen Umständen die Vernehmung fortsetzen sollte. Er entschloß sich zu einer provozierenden Unterstellung.

„Die von Ihnen angegebenen Zeugen haben Sie nicht im Kino gesehen. Möglich, daß Sie sich nach dem Krankenhausbesuch eine Zeitlang in Ihrem Zimmer aufgehalten haben. Gegen 20 Uhr sind Sie dann direkt zu Herrn Radtke gegangen, Ihrem Guru."

„Was soll das?" rief Cori unwirsch aus. „Engelbert war nie ein echter, ein berufener Guru. Das weiß ich jetzt."

„Ich denke . . ."

„Der Radtke", Cori legte noch mehr Distanz ein, „war nichts weiter als ein falscher Fuffziger. Er ist verstoßen und weit ab vom Wege zur Erlösung. Seine Seele dürfte in einen Wurm geschlüpft sein. Das Maya, die Sinnlichkeit, das irdische Böse hatte ihn unlösbar in Fesseln geschlagen. Wir wußten es nur nicht. Nun ist ihm als Wurm eine neue Chance gegeben."

„Herr Riemer, ich wiederhole: Bereits gegen 20 Uhr sind Sie zu Herrn Radtke gegangen. Er hat das Leben von Heike Galler leichtfertig aufs Spiel gesetzt. Deshalb hatten Sie Streit mit ihm."

Conrad Riemer gab keine Antwort.

„Und indem Sie ihn unter Wasser zogen", schaltete sich Gremm in spontaner Hellsichtigkeit des Augenblicks ein, „haben Sie ihm die Chance verschafft, in Gestalt eines Wurmes, der niemandem etwas zuleide tut, das Erklimmen des Pfades zur Erlösung erneut in Angriff zu nehmen."

Gremm kam sich richtig schlau vor.

„Herrschaft über die materielle Natur ausüben zu wollen", sagte Cori, „ist Illusion. Acht Formeln gibt es, acht Formeln der Ausübung des Yoga für Menschen, die zu sehr der körperlichen Auffassung vom Leben verhaftet sind. Bedenken Sie, dies bedeutet, daß sogar solche Menschen wie der Radtke – mögen sie auch weit von der Erleuchtung entfernt sein – in der Lage sind, das Yoga auszuüben. Der intelligente Mensch aber, der sich in der Gnade des Krishna-Bewußtseins sieht, hält die Sinne nicht gewaltsam davon zurück, im Interesse Krishnas zu handeln ..."

„Noch einmal zum gestrigen Abend", unterbrach ihn Haussmann. „Sie betraten das Haus und ..."

„Menschen höheren Ranges", sprach Cori unbeirrt weiter, „die den besseren Tätigkeiten des Krishna-Bewußtseins nachgehen, ziehen sich natürlicherweise von den untergeordneten Tätigkeiten des materiellen Daseins zurück."

Haussmann verlor die Beherrschung, wie es Dieter Gremm noch nie erlebt hatte: „Schluß mit dem Theater! Wir lassen uns von Ihnen nicht für dumm verkaufen", schrie er Conrad Riemer an. „Beantworten Sie meine Fragen mit verständlichen Antworten!"

Der junge Mann starrte ihn einen Moment erschrocken an: „Ich habe nichts getan, und Sie brüllen mich an. Ich sage jetzt gar nichts mehr."

„Wie Sie wollen. Dann erhalten Sie eine Vorladung ins Präsidium. Dort werden Sie meine Fragen schon beantworten."

Haussmann steckte den Rekorder ein und verließ ohne Gruß den Raum. Gremm eilte ihm nach.

Auf dem Weg zum Wagen fragte er: „Zu wieviel Uhr soll er morgen vorgeladen werden?"

Haussmann hatte seine Fassung inzwischen wiedergewonnen.

„Was haben wir eigentlich gegen den Burschen in der Hand? Ein fehlendes Alibi besagt noch gar nichts. Warum hat er uns das erfundene Alibi aufgetischt? Hatte er Angst, ohne Alibi in Verdacht zu geraten? Vielleicht hat er tatsächlich die ganze Zeit allein in seiner Bude gesessen. Das kann er natürlich nicht beweisen. Und deshalb hat er Furcht. Auch sein mögliches Motiv bringt uns nicht weiter. Es ist wichtiger, daß wir uns jetzt sofort noch einmal mit Frau Kössel befassen. Der Taschentuchbefund ist ein deutlicher Hinweis, daß sie vor Frau Berger im Badezimmer war. Das Tuch war noch feucht und schleimig, als wir es kurz vor 23 Uhr sichergestellt haben. Es dürfte also frühestens drei Stunden vorher benutzt worden sein. Das läge ziemlich genau im Tatzeitraum."

Wieder zurück im Revier fanden sie das Ergebnis der Recherchen vor, die während der Vernehmung des Arztes in Gang gesetzt worden waren. Herr Radtke hatte nirgendwo in Friedrichshagen und den benachbarten Köpenicker Ortsteilen eine Spritze erhalten. Gestern nicht und zu keinem früheren Datum. Sein Name fand sich in keiner Patientenkartei.

16. Kreuzverhör

Haussmann hatte Angela Kössel mit einem Dienstfahrzeug in das Friedrichshagener VP-Revier holen lassen. Bevor sie hereingeführt wurde, sagte er, diesmal bequem in einem Bürosessel zurückgelehnt, zu Dieter Gremm: „Übernimm du diese Vernehmung und sei nicht zu zimperlich. Ich möchte mich ganz auf das Beobachten konzentrieren."
Er begrüßte die junge Frau und fügte hinzu: „Wir haben übrigens Heike Galler besucht. Sie ist noch nicht ansprechbar, doch im Krankenhaus ist man zuversichtlich. Mein Kollege hat noch einige Fragen."
Der Leutnant begann ohne Umschweife, fast im Stile eines Kreuzverhörs:
„Frau Kössel, haben Sie gestern Abend vor Herrn Radtke gebadet?"
„Nein."
„Wann haben Sie gebadet?"
„Gar nicht."
„Genauer."
„An dem Tag, also gestern, gar nicht."
„Aber Sie haben sich im Badezimmer gewaschen?"

„Natürlich. Komische Frage."
„Um welche Zeit?"
„Frühmorgens."
„Bitte exakte Uhrzeit."
„So 6 Uhr 30 . . . ich verstehe nicht . . ."
„Wann gehen Sie zur Arbeit?"
„Auch 6 Uhr 30."
„Also sind Sie gestern nicht zur Arbeit gegangen."
Angela Kössel nickte.
„Warum nicht?"
„Wegen Heike. Um sie zu pflegen."
„Und Sie waren bis zum Nachmittag nicht mehr im Badezimmer?"
„Nein."
„Auch nicht auf der Toilette?"
„Nein."
„Wie das?"
„Unten, neben der Küche, ist noch ein Klo."
„Richtig. Als Sie zu Herrn Radtke ins Bad traten . . ."
„Ich bin nicht im Bad gewesen, als Engelbert . . . Ich war doch zu der Zeit gar nicht im Haus."
„Wieso lag dann ein frisch gebrauchtes Taschentuch von der Sorte, wie Sie es gestern in unserer Gegenwart in der Küche benutzt haben, vor der Badewanne?"
„Weiß ich nicht. Ich habe Ihnen schon heute nacht gesagt, daß jeder, Engelbert oder irgendwelche Übernachtungsgäste, sich von Heikes Taschentüchern oder meinen, was gerade im Schrank lag, nahm."
„Also kann es auch Herr Riemer im Bad fallengelassen haben, während Herr Radtke badete?" Gremm gab die gesicherte Kenntnis, daß dieses Taschentuch von ihr benutzt worden war, nicht preis.
„Cori? Nein. Keinesfalls. Der war doch zu diesem Zeitpunkt noch gar nicht wieder im Haus."
„Wenn Sie das so genau wissen, müssen *Sie* im Haus gewesen sein."
Die junge Frau schwieg erschrocken.

„Nein, ich war auch nicht im Haus", sagte sie schließlich.
„Dann müssen Sie Herrn Riemer irgendwo anders gesehen haben. Wo?"
„Nein, nein . . . nirgends, er war doch im Kino."
„Woher wissen Sie das?"
„Er hat es mir erzählt. Abends, in der Küche." Sie atmete erleichtert tief durch. Der Leutnant ließ ihr keine Ruhe.
„Also kann er nicht bezeugen, wo Sie zum Tatzeitpunkt waren, und Sie wiederum können ihn nicht entlasten."
„Wieso ihn entlasten? Er saß doch im Kino."
„Sagt er. Gut, nehmen wir einmal an, es stimmt. Und setzen wir weiter voraus, daß auch Sie die Wahrheit sagen. Hm. Er war nicht im Haus, als Herr Radtke ums Leben kam, und Sie waren nicht im Haus. – Sie wissen, wie Herr Radtke starb?"
Angela Kössel schüttelte den Kopf. „Nicht genau."
„Nein? Wirklich nicht? Ach so, ich dachte. Also, da es kein Unfall war, bleibt nur eine Möglichkeit: Der Arzt hat ihn mit einer Spritze umgebracht. Grund genug hatte er dazu."
Haussmann staunte über Gremms Resultat. Angela Kössel brach in Tränen aus.
„Nein", schluchzte sie verzweifelt, „nein . . . die Spritze hat er ihm doch viel früher, lange vorher gegeben . . . und es war doch nur ein Beruhigungsmittel."
„Regen Sie sich nicht auf", schaltete sich der Hauptmann ein, „und erzählen Sie ausführlich und der Reihe nach. Aber nur die Wahrheit."
„Als wir das Krankenhaus verließen, verabschiedete sich Cori von mir."
„Wo ging er hin?" fragte Gremm. Haussmann gab ihm ein Zeichen, nicht weiter zu unterbrechen.
„Ich weiß nicht, wohin er wollte. Vielleicht zum Friedhof, in seine Kammer oder eben ins Kino. Ich weiß es nicht. Ich ging noch beim Bäcker vorbei, wir brauchten frisches Brot. Dann lief ich nach Hause. Langsam, die Luft war so mild, und Bewegung, das tat bestimmt auch dem Kind gut. Hoffentlich nimmt es bei der vielen Aufregung nicht Schaden. Ob bei der Heike da alles in Ordnung geblieben ist?"

„Wir hoffen es“, sagte Haussmann.
„In der Wohnung fand ich Engelbert ganz verändert vor. Er lief ruhelos vom Zimmer in die Küche und zurück, knallte wütend die Türen zu und riß sie wieder auf, warf Bücher aus dem Schrank auf den Boden, und als ich sie aufhob und zurückstellte, fing er an, mich anzuschreien. Wir hätten ihn verraten. Cori sei nicht mehr sein Freund, gehöre nicht mehr in die Gruppe, und was *ich* denn noch hier zu suchen hätte. Er sei ganz allein, einsam, von allen im Stich gelassen. Seine Erregung steigerte sich, und ich versuchte, ihm aus dem Weg zu gehen. Eigentlich hätte ihn die Nachricht, daß Heike gerade noch rechtzeitig operiert worden sei, sehr erleichtern müssen. Vielleicht versuchte er mit diesem Ausbruch, die in den letzten Stunden angestaute Angst abzureagieren. Doch dann wollte er die Schuld, daß Heike in Lebensgefahr schwebte, plötzlich auf uns schieben! Wir hätten mit unserem Eingreifen verhindert, daß Heike durch Anwendung von Yoga geheilt worden wäre. Sie selbst hätte das gewünscht. Der Schwachsinn machte mich so wütend, daß ich ihn nun auch anbrüllte. Aber ich hatte unterschätzt, wie weit er sich hinreißen lassen würde. Denn er knallte mir eine, und schlug mir kurz danach noch einmal ins Gesicht. Zum Glück klingelte es. Ich ging öffnen. Dr. Marborn stand vor der Tür. Er wollte nach mir sehen und muß schon draußen den Krach gehört haben. Plötzlich tauchte Engelbert im Flur auf und wollte sich auf den Arzt stürzen. Dabei überfiel ihn eine Schwäche. Er lehnte sich an die Wand und atmete keuchend. Und obwohl mir das Gesicht noch von den Ohrfeigen brannte, redete ich begütigend auf ihn ein, und er ließ das geradezu dankbar geschehen. Und zu meiner größten Verwunderung nickte er zustimmend, als Dr. Marborn anbot, ihm ein Beruhigungsmittel zu geben. – Aber mit der Spritze hat ihn der Doktor doch nicht umgebracht, wie kann Ihr Kollege so etwas sagen!“
Sie fing wieder an zu weinen.
„Gut, gut“, Haussmann legte seine Hand besänftigend einen Moment auf ihren Unterarm. „Was geschah dann?“
„Der Doktor empfahl Engelbert, sich ein Weilchen auszustrekken. Mir maß er noch den Blutdruck und sagte, es sei alles in

Ordnung. Ich könnte ganz ruhig sein. Am besten wäre es, wenn ich bei dem schönen Wetter zur Uferpromenade ginge und mich auf eine Bank setzte. Engelbert könne man unbesorgt allein lassen." Sie schien nachzudenken, ob noch etwas hinzuzufügen sei.
„Und wie kam das Taschentuch ins Badezimmer?" fragte Gremm.
„Ich weiß nicht. Wahrscheinlich hat es Engelbert benutzt, ehe er in die Wanne stieg."
„Eine gute Erklärung", sagte Gremm, „komisch, daß wir nicht selber darauf gekommen sind."

*17. Visuprint**

Kurz nach Frau Kössels Verabschiedung erhielt Haussmann einen Anruf von Hauptmann Zellakowski. Dr. sc. nat. Zellakowski leitete eines der kriminaltechnischen Laboratorien des Präsidiums. Und was er vortrug, als die Kriminalisten eine halbe Stunde später bei ihm saßen, war für Haussmann so faszinierend, daß er vergaß, sich über die sogleich angezündeten obligatorischen Zigaretten zu ärgern.

„Sagt euch der Name *North Bay Police* etwas?" fragte der Wissenschaftler.
„Das sind vermutlich die berittenen Herren mit den blankgeputzten hohen Schnürstiefeln und den khakifarbenen Pfadfinderhüten. Wenn ich den kanadischen Filmen glauben darf, verfolgen sie Indianer, die aus dem Gefängnis entsprungen sind. Indianer, die nicht kapieren wollen, daß eine Tötung in Ausübung der Blutrache in den Augen des Weißen Mannes Mord ist, auf den die Todesstrafe durch Erhängen steht. Richtig?" fragte Haussmann, das „Richtig" im Stil amerikanischer Spannungsfilme scharf artikulierend.

* Das VISUPRINT-Verfahren dürfte 1982 noch nicht bekannt gewesen sein. Es wird in Heft 3 des Jahrganges 1985 der Zeitschrift „Technische Gemeinschaft" beschrieben.

„Richtig."
„Auch richtig", fragte Haussmann weiter, „daß du uns nicht eingeladen hast, um deine Kinokarten für heute Abend an uns loszuwerden?"
„Auch richtig."
„Also dann schieß los."
„Wir haben vor kurzem", berichtete Zellakowski, „ein von der North Bay Police entwickeltes Verfahren übernommen. Mit ihm lassen sich Fingerabdrücke sichtbar machen, wo das bisher nicht möglich war. So wurden sie zum Beispiel auf einer Geldkassette wiederhergestellt, die der Dieb zwecks Beseitigung von Spuren in eine Ölwanne geworfen hat. Auf einer Tatwaffe waren mit der neuen Methode Abdrücke zu erkennen, nach denen Jahre zuvor ergebnislos gesucht worden war. Das Verfahren trägt den Namen VISUPRINT. Es handelt sich um eine Reaktion der Aminosäuren des Körpereiweißes, die in geringsten Spuren bei einem Fingerabdruck auf die berührte Oberfläche übertragen werden. Man bedampft sie mit Cyanacrylat. Was das für eine Substanz ist, erspare ich mir, euch zu erklären. Jedenfalls kommt es zu einer Reaktion mit den Eiweißbruchstücken, einer Polymerisation, und die Abdrücke werden dabei in ein sichtbares Muster umgewandelt."
Zellakowski machte eine bedeutungsvolle Pause.
„Nun kommt das Wichtigste: Aminosäurereste von Fingerabdrücken haften auch an Oberflächen, auf denen sich Fettspuren, die die übliche Daktyloskopie nachweist, nicht abbilden, beispielsweise Papier, Karton, Holz. Außerdem auch an solchen, von denen sich die Fettablagerungen inzwischen abgelöst haben, wie bei der in Öl liegenden Metallkassette. Selbst auf lebender menschlicher Haut macht das Verfahren Spuren fremder Aminosäuren nachweisbar. So weit, so gut. Nun habe ich da von euerm Problem mit dem Fakir gehört. Ich weiß, ich weiß", wehrte er Gremms Ansatz zu einer Berichtigung ab. „Vielleicht bringt euch VISUPRINT weiter."
„Was muß dazu geschehen?" Haussmann war sichtlich beeindruckt.

„Wir versuchen an eurer Leiche Fingerabdrücke des Tatverdächtigen zu finden."
„Wir haben zwei Verdächtige."
„Drei!" warf Gremm mit Betonung ein.
„Nun gut, drei", stimmte Haussmann zu.
„Drei", sagte Zellakowski bedenklich. „Hoffentlich hat nur einer von ihnen das Opfer angefaßt. Unter welcher Registriernummer finden wir den Toten im gerichtsmedizinischen Institut?"
Sie wußten sie auswendig.
„Schön. Welche Körperpartien kommen in Frage?"
„Die Knöchelbereiche, die Füße", zählte Haussmann auf, „vielleicht auch die Schienbeine und Waden."
„'ne ganz erhebliche Menge Fläche", seufzte Zellakowski.
„Und die linke Armbeuge", ergänzte Gremm.
„Ja, natürlich, die linke Armbeuge", bestätigte Haussmann, „sowie Unterarm und Bizepsbereich."
„Das langt für die ganze Nacht", stoppte sie der Wissenschaftler. „Ihr bringt mir von jedem der drei Kunden alle zehn Fingerabdrücke in bester Qualität. Euer Interesse ist es, den Fall schnellstens zu lösen. Für mich kommt außer der Hilfestellung noch ein weiteres Moment hinzu, nämlich, ob sich das Verfahren auch bei nasser Haut bewährt. Wenn ja, ist es eine Premiere, stellt mal für alle Fälle Sekt kalt. Hoffentlich trug euer Täter keine Handschuhe. Und wenn, dann beschafft schleunigst diese Handschuhe."

Die Fingerabdrücke des Arztes und der Angela Kössel waren schnell durch Mitarbeiter des Friedrichshagener VP-Reviers besorgt.
Um in den Besitz der Fingerabdrücke von Conrad Riemer zu gelangen, fuhren Haussmann und Gremm noch einmal zum Friedhof. Sie trafen ihn nicht an. Wo er sich aufhielt, konnte der Obergärtner nicht sagen. Sie fanden ihn weder im Kino noch in der Kunstbudike. Auch Angela Kössel wußte nicht, wo er an diesem Abend zu suchen war.
So blieb ihnen nur übrig, den Daktyloskopie-Techniker der MUK nach Luisenhagen zu rufen, der gründlichst Fingerab-

drücke auf den Fensterscheiben, im Klinkenbereich der Tür und auf anderen in Frage kommenden glatten Flächen sichtbar machte und fotografisch festhielt.
Hauptmann Zellakowski leitete die Untersuchungen persönlich. Die schwierigste Prozedur, die Bedampfung der Hautpartien, geschah nach seinen Anweisungen. Er hatte sich für die Durchführung des Verfahrens, als sie damit experimentierten, eine Bedampfungsapparatur, wie sie in der optischen Industrie und bei der Produktion von Halbleiterbauelementen verwendet wird, zu diesem Zweck anpassen lassen. Diese Anpassung bestand vor allem darin, geeignete Träger zu konstruieren, auf denen die vielfältigsten, in ihrer Form nicht vorhersehbaren Objekte gehaltert werden konnten. Das Team arbeitete die ganze Nacht hindurch.

18. Die i.v.-Spritze

Am nächsten Morgen, am 3. Juli, stand das Resultat fest. Einwandfrei erkennbare Fingerabdrücke Dr. Marborns fanden sich am linken Arm des Getöteten. Und zumindest ein eindeutig identifiziertes Linienmuster, das mit den massenhaft in Riemers Zimmer gefundenen übereinstimmte, wurde am rechten Knöchel des Guru entdeckt.
„Bei Riemer reicht der Visuprint-Befund für die Inhaftierung. Dr. Marborn steht im Verdacht, Mittäter zu sein. Ihn nehmen wir auch fest. Allerdings könnten seine Fingerabdrücke von der Untersuchung des Toten stammen."
„So auffällig deutlich gerade in der Armbouge, wo man beim Spritzen kräftig zudrückt?"
„Das untermauert Frau Kössels Aussage, entlastet ihn aber nicht."

Bis zu ihrem Eintreffen in Luisenhagen war Conrad Riemer noch nicht aufgetaucht. Haussmann veranlaßte die sofortige Beobachtung sowohl von Riemers Unterkunft als auch des Hauses von Engelbert Radtke.

Dr. Marborn protestierte gegen seine Festnahme.
„Wie lange wir Sie festhalten müssen, Herr Doktor", entgegnete ihm Haussmann fast gelangweilt, „hängt von Ihnen ab. Es hängt davon ab, wann Sie uns endlich die Wahrheit sagen. Wir haben inzwischen genügend Beweise, um die vorläufige Festnahme in eine Verhaftung umzuwandeln. Sie stehen unter Verdacht, bei der Tötung des Herrn Radtke mitgewirkt zu haben. Wir verfügen über eine Aussage der Frau Kössel, daß doch Sie es waren, der Herrn Radtke das Medikament gespritzt hat."
Der Arzt widersprach nicht.
„Wir haben den gerichtsmedizinischen Befund über die Menge des injizierten Lepanons. Sie wissen, daß man das mit ziemlicher Genauigkeit analysieren kann, und – ich muß es Ihnen ja nicht erst verraten – die Dosis war bedenklich hoch. Und schließlich wurden nach einem neuartigen Verfahren Ihre Fingerabdrücke im Bereich der Injektionsstelle sichtbar gemacht. Dazu haben Sie sich durch Ihr Verhalten stark belastet. Es wäre das Vernünftigste, jetzt endlich ein Geständnis über Ihre Rolle bei der Tötung von Herrn Radtke abzulegen. In der richterlichen Bewertung wirkt sich ein zeitiges Geständnis günstig aus. Und ich mache Sie darauf aufmerksam, daß Sie schon jetzt zumindest wegen Behinderung der Ermittlungsarbeit belangt werden können."
Dr. Marborn preßte die Hände ineinander. Sein Gesicht rötete sich zunehmend. „Ich kann einfach nicht begreifen", begann er mit belegter Stimme, „wie ich in diese Situation geraten bin. Ich weiß, daß ich mich falsch verhalten habe. Vielleicht, nein ganz sicher, habe ich damit Ihre Arbeit erschwert. Es tut mir jetzt wirklich leid, glauben Sie mir das bitte."
Der Arzt wartete vergeblich auf eine zustimmende Reaktion der Kriminalisten. „Ich habe tatsächlich einen Fehler gemacht. Und als ich dann erfuhr, daß Herr Radtke tot war, bekam ich Angst, große Angst, obgleich ich wußte, daß das Lepanon allein nicht die Todesursache sein konnte. Aber vielleicht hat das Mittel in dieser Menge die Tötung begünstigt,

Herrn Radtkes Fähigkeit, sich zu wehren, gelähmt. Ein unglückseliges Zusammentreffen von Wirkungen."
„Worin bestand der Fehler?"
„Sie müssen verstehen", Dr. Marborn suchte nach den richtigen Worten, „ich wollte Herrn Radtke und damit eigentlich auch Frau Kössel helfen. Meine persönliche Antipathie gegen diesen Mann durfte nicht zählen – ich bin Arzt. Ich fand ihn in einem Zustand höchster Erregung vor. Er hatte Frau Kössel kurz zuvor geschlagen und wollte auch gegen mich handgreiflich werden. Dazu kam es jedoch nicht, weil er plötzlich von krampfhaftem Zittern befallen wurde. Sein Befinden war besorgniserregend und eine medikamentöse Dämpfung dringend angezeigt. Erstaunlicherweise war er mit meinem Vorschlag sofort einverstanden. Sie kennen sicherlich seine prinzipielle Einstellung zu ärztlicher Behandlung. Wir gingen in die Küche, und ich zog die erforderliche Menge Lepanon für eine intramuskuläre Injektion auf, da mir die Applikation in die Armvene wegen der starken motorischen Unruhe des Patienten schwierig erschien."
„Und der Fehler?"
„Der Fehler bestand darin, daß ich die Menge für eine i.m.-Injektion in die Spritze aufzog, eine auch hierfür sehr große Menge, dann aber durch irgend etwas abgelenkt wurde. Ich weiß nicht mehr, wodurch, vielleicht war es eine Bemerkung von Frau Kössel. Ach ja, jetzt fällt es mir wieder ein. Sie fragte, ob sie noch einen zweiten Hocker besorgen solle, im Schuppen stünde einer, der neu verleimt worden sei. Dann könnte auch ich mich setzen. Ja, und irgendwie hat mich das so von der beabsichtigten Anwendung der Spritze gedanklich weggeführt – ich kann das jetzt im Nachhinein nur mit der Nervosität erklären, in der wir uns alle befanden, auch ich – kurz, ich begann routinemäßig Herrn Radtke den Arm abzubinden, fand die Vene und drückte den gesamten Inhalt der Spritze hinein."
„Ich verstehe immer noch nicht, was Sie dabei falsch gemacht haben. Lepanon darf doch i.v. gegeben werden?" Haussmann sah ihn fragend an.

„Ja, aber nicht in so hoher Dosierung."
„Wurde Ihnen der Fehler sofort bewußt?"
„Nein. Erst viel später. Nachdem mir einfiel, daß ich das Medikament falsch appliziert hatte, wollte ich sofort nach Herrn Radtke sehen. Als ich dort auf die Polizisten traf und erfuhr, daß er tot war, bekam ich es mit der Angst zu tun."
„Zugegeben, der von Ihnen geschilderte Ablauf, auch die Darstellung Ihrer eigenen Reaktionen, klingen plausibel. Aber von der Aussage, vom Geständnis des Herrn Riemer wird abhängen, ob Sie weiter belastet sind. Sie können gemeinsam mit ihm die Tat geplant und ausgeführt haben."
Der Arzt sah Haussmann entgeistert an. „Sie meinen das nicht im Ernst", und schüttelte verständnislos den Kopf.
„Herr Dr. Marborn, Sie haben uns mehrfach belogen und es sich deshalb selbst zuzuschreiben, daß wir auch an diese Variante denken müssen. Sie sind noch nicht entlastet."
Haussmann ließ Dr. Marborn abführen.
Über Conrad Riemer lag noch immer keine Meldung vor.
„Lösen wir Fahndung aus?" fragte Gremm. Beide waren enttäuscht. Das Ergebnis der Visuprint-Methode war beeindrukkend, die Hoffnung auf einen schnellen Abschluß des Falles jedoch gesunken.
„Verdammt. Laß uns erst noch einmal alles durchdenken. Die Vorgänge sind doch ziemlich klar. Dr. Marborns letzte Aussage halte ich für glaubhaft. Ärzte geben Fehler nicht gern zu."
„Wir auch nicht. Wer schon."
„Sicher. Seine Darstellung stimmt mit den Angaben der Angela Kössel im wesentlichen überein. Um so unerklärlicher ist, daß die junge Frau über ihren Verbleib während der Tatzeit nichts sagen will. Ob das etwas mit dem Riemer zu tun hat?"
„Meinst du damit, daß sie ihn von Anfang an zu decken versucht?"
„Das würde ihr Verhalten verständlich machen."
„Mensch, Sebastian, du hast recht. Und jetzt hält sie ihn verborgen!"
„Wir werden sehen."

„Also sofortige Hausdurchsuchung bei Angela Kössel.“
Gremm wartete Haussmanns Bestätigung nicht ab, sondern eilte ihm voraus zum Wagen.

18. Maha-mantra, der Große Gesang

Die Tür des Krishna-Hauses war verschlossen. Sie klingelten und klopften. Als nicht geöffnet wurde, riefen sie mehrmals nach Frau Kössel. Ohne Erfolg.
„Niemand da?“ versuchte es Gremm mit dieser üblichen, sinnlosen Frage noch einmal. Zufällige Passanten sammelten sich. Im Haus gegenüber gingen Fenster auf.
Die beiden Kriminalisten hörten ein schwaches Geräusch und dann deutlich, wie jemand einen Riegel betätigte, die Tür wurde aber nicht aufgeklinkt. Gremm brachte das Holz mit Faustschlägen zum Dröhnen.
„Machen Sie auf!“ forderte er lautstark. Mit jaulendem Signalton traf ein Bereitschaftswagen zu ihrer Unterstützung ein. Haussmann ließ die Füllung einschlagen und den Riegel zurückschieben.
Gremm drang als erster in den Korridor ein, vorsichtshalber die Pistole in der Hand. Er rief: „Frau Kössel“, und stieß die Tür zur Küche auf. Sie war leer. Nächste Tür, die kleine Toilette. Nichts. Haussmann wies zwei Polizisten die Treppe hinauf, während er die Tür linkerhand zum großen Zimmer öffnete. Gremm schob sich, lehrbuchgemäß, an Haussmann vorbei, der ihm sofort folgte. Auch hier nichts.
Vom Treppenabsatz wurde gerufen: „Oben ist keiner.“
Das Haus konnte nicht leer sein. Blieb nur der Tempelraum. Der Hauptmann drückte die angelehnte Tür langsam nach innen. Die linke Hälfte des Raumes konnte man nicht einsehen. Vor ihnen lag der Altar, nur von Kerzenlicht erhellt. Die Flammen flackerten im Luftzug. Sie sahen nicht, was hinter der Tür vorging. „Herr Riemer?“ Es blieb merkwürdig still. Der neue Guru hatte sich in seiner Ausweglosigkeit doch nicht etwa . . .

Haussmann ging hinein, dicht gefolgt von Gremm. Sie waren allein im Zimmer; kein Conrad Riemer, keine Angela Kössel. „Das kann nicht sein", murmelte Dieter Gremm, „das ist unmöglich."

Haussmann schaute auf die Kerzen. Sie mußten vor kurzem erst angezündet worden sein. Die Kegel ihrer Spitzen waren noch nicht einmal völlig abgeschmolzen. Obwohl die Tür nun geschlossen war, flackerten die Flammen noch immer. Die grüne Musselingardine bauschte sich leicht. Er riß sie beiseite. Ein Fensterflügel war nur angelehnt. Gremm sprang durchs Fenster, Haussmann eilte zur Tür. Hinter der Hausecke traf er auf den Leutnant. Der zeigte auf verwilderte Fliederbüsche.

„Dort hinten, der Schuppen."

Die Waffe im Anschlag, rief er: „Herr Riemer, kommen Sie mit erhobenen Armen heraus!"

Es verging eine Minute, in der nichts passierte und die Haussmann viel länger erschien. Dann öffnete sich ganz langsam die Tür des Verschlages und aus dem Dunkel trat Cori in zitronengelbem Gewand. Er ging gemessenen Schrittes, die Hände im Nacken, feierlich auf die Kriminalisten zu. Der neue Guru chantete laut das Maha-mantra, den Gesang der Befreiung: Hare Krishna, Hare Krishna, Krishna, Krishna, Hare, Hare, Hare – Hare Kama . . .

Gremms Haltung mit der schußbereiten Pistole entbehrte nicht einer gewissen Komik, und er ließ sich später ungern von Haussmann daran erinnern.

Auf der Fahrt ins Polizeipräsidium, in Handfesseln neben Gremm auf dem Rücksitz, schwieg Conrad Riemer, und die beiden Kriminalisten stellten keine Fragen. In der U-Haft-Zelle ließ er sich auf den Fußboden nieder und nahm, soweit sein steifes Bein dies gestattete, eine Yoga-Haltung ein und versenkte sich in eine stundenlange Meditation. Während dieser Zeit gelang es nicht, Kontakt zu ihm herzustellen. Danach begannen die Vernehmungen. Sie zogen sich tagelang hin, unterbrochen nur von den gesetzlich vorgeschriebenen Pausen. Auf alle Fragen, zur Person wie zur Sache, antwortete Conrad

Riemer mit aus dem Gedächtnis zitierten Texten und Versen, die Haussmann später in den sichergestellten Büchern fand, ohne daß Cori sich auch nur ein einziges Mal wiederholte, wie die Kontrolle der mitstenografierten oder auf Tonband aufgezeichneten Befragungen ergab.

Am Nachmittag des zweiten Tages, als Haussmann wieder die Vernehmung übernommen hatte, sagte Gremm:
„Die Bänder sind alle. Ich hole schnell neue."
In den wenigen Minuten, in denen Conrad Riemer allein Haussmann gegenübersaß, verlor sein Gesicht die Starrheit, und er begann hastig zu reden.
„Warten Sie", befahl der Hauptmann. Doch Conrad Riemer ignorierte die Aufforderung.
„Nachdem ich mich am Krankenhaus von Angela getrennt hatte, bin ich tatsächlich in mein Zimmer gegangen und habe etwas gegessen. Dann lief ich zu Engelberts Haus, um auf unseren Altar Blumen zu legen und von Krishna Heikes Rettung zu erflehen. Als ich in die Straße einbog, sah ich, daß der Arzt gerade das Haus verließ und abfuhr. Danach ging auch Angela weg, sie sah mich jedoch nicht kommen."
Haussmann, der begriff, daß Riemer ihm das nur mitteilte, weil kein Zeuge, kein Stenograf, kein Tonbandgerät zur Verfügung stand, versuchte, in Stichworten Notizen zu machen.
„Lassen Sie das", sagte der junge Mann. „Ich werde kein Protokoll unterschreiben. – Ich ging ins Haus und verweilte längere Zeit in großer Sorge um Heike in unserem Tempel. Als ich mich aus dem Gebet löste, hörte ich Geräusche im Obergeschoß und stieg die Treppe 'rauf. Engelbert lag in der Badewanne. Sie war erst zur Hälfte gefüllt und das Wasser lief. Ich blieb an der Tür stehen und begann, ihm wegen Heike Vorhaltungen zu machen. Er summte vor sich hin. Meine Worte berührten ihn überhaupt nicht. Dann lachte er über mich. Ich sei ein Versager, ohne ihn wäre ich ein Nichts. Wie ich auf die Idee käme, mich in seine Angelegenheiten zu mischen, und ein Mädchen wie Heike käme für mich sowieso nicht in Frage. Er wurde immer verletzender. Ich empfand nur noch Haß,

Haß auf diesen Mann, den ich für meinen Freund gehalten hatte. Als Engelbert nach den Wasserhähnen greifen wollte, weil die Wanne inzwischen hinreichend gefüllt war, packte ich ihn an den Knöcheln und zog ihn unter Wasser. Es war ein absichtsloser Impuls. Er riß seine Beine los, tauchte auf und versuchte, das eingeatmete Wasser auszuhusten. Was soll das, du Idiot, rief er. In diesem Augenblick hatte ich nur noch den Drang zu töten. Ich faßte erneut zu. Ein Hustenkrampf schüttelte ihn und machte ihn wehrlos. Ich zog und zerrte mit aller Kraft. Er schlug verzweifelt mit den Armen, konnte aber an der glatten Wanne nirgendwo Halt finden und sich hochziehen. Diesmal hielt ich ihn so lange fest, bis die Gurgelgeräusche aufhörten und ich merkte, wie sein Körper erschlaffte. Ich blieb noch eine Weile auf dem Rand der Badewanne sitzen und betrachtete ihn, ohne irgend etwas zu fühlen. Beim Hinuntergehen hörte ich das Quietschen der Haustür. Angela tauchte auf. Cori, sagte sie überrascht. Ich ging ohne ein Wort an ihr vorbei aus dem Haus und lief lange ziellos am Waldrand hin und her. Dann dachte ich, ich sollte vielleicht besser mit Angela sprechen. Aber da war schon das ganze Haus voll Menschen. Angela flüsterte mir in der Küche zu: Wenn du es nicht getan hättest, ich hätte es ... Aber ich weiß, daß sie es nie getan hätte. Sie hätte es nicht fertiggebracht."

Monate später, vor Prozeßbeginn, fragte Susann:
„Zu wieviel Jahren wird das Gericht deinen Cori verurteilen?"
„*Meinen* Cori? Keine Ahnung", erwiderte Sebastian. „Hierzu wird nicht nur der Richter zu fragen sein. Wenn meine Aussage, also das von Riemer nicht wiederholte Geständnis keine Berücksichtigung findet, und das eben ist die Frage, dann wird, schätze ich, der Fall dieses neuen Guru die Psychiater beschäftigen. Ich persönlich halte ihn nicht für verrückt. Ich halte ihn für ... für ..." Er suchte nach einem passenden Wort. Doch er fand keines.